浮間舟渡

曾詠聰

責任編輯：吳君沛
封面設計：羅康傑

書　名：浮間舟渡
作　者：曾詠聰
出　版：匯智出版有限公司
香港九龍尖沙咀赫德道二A
首邦行八樓八〇三室
電話：二三九〇〇六〇五
傳真：二一四二三一六一
網址：http://www.ip.com.hk
發　行：聯合新零售（香港）有限公司
香港新界荃灣德士古道二二〇至
二四八號荃灣工業中心十六樓
電話：二一五〇二一〇〇
傳真：二四〇七三〇六二
印　刷：陽光印刷製本廠
版　次：二〇二五年七月初版
國際書號：978-988-71272-0-8

列車・貓・武術

徐焯賢

收到曾詠聰稿件的同時，我正在寫一部講述一整個星球居民上不到列車的小說，因此對〈浮間舟渡〉的第一段體會甚深，特別是「那些無法登車的人看着車窗內的我們，投下習以為常的目光：沒有驚喜、沒有不忿」那幾句，簡簡單單的幾筆，勾勒出日常，也是這散文集很重要的概念。曾詠聰就在車上，在一輛名為文學、名為人生的列車上，有時候在觀察他人，有時候被他人觀察，更多的時候是互相觀察、對望。

速度的不同，車站上的人應該看不清楚車內乘客的表情，也因此很多時候忘記他們也曾經等待，甚或在列車上也是抱着心急如焚的負面情緒或亢奮心情，哪怕日本的列車的準時令初初搭乘者為之震驚。我們總把列車與人生連在一起，有人跟你一起「上車」*，但很快下了車；有人中途加入，卻可以陪你坐得更久，甚至目送你下車。這是老生常談，說多了反覺得是想像力退減的表現。我只在乎大家一起時經歷過甚麼，從成立詩社到前往日本交流朗誦自己的詩作、從學文學到教授學生、從荃灣小社區走到馬爾代夫，曾詠聽這輛列車特別之處，是嘗試把很多人拉了上去。

當然在過程裏，必然「曾」是青春無限，到頭來難免有些錯失和遺憾。曾信誓旦旦將來一起到地鐵俱樂部遊玩的對話沒有了下文，一起讀詩的詩友也早已各散東西。「我已經忘記這情節所有臉孔，一段無人認領的對話」（〈天橋之城〉）是對過去日子最好的註腳，也是大家必須接受的一筆。哪怕到了馬爾代夫，跟當地人嘗試過交心，但我們都知道這就是大家相處的全部，往後應該沒有甚麼交集。可以拍一張留念，或在日記中提及已經是很大的福氣。很無奈，也得接受。

在閱讀《浮問舟渡》的同時，我也在讀翟彥君首本散文集，書內正好有篇章提到曾詠聰寫作、教學的片段，再對照這散文集的遺憾。成長難免令到我們與部分人分開了，但因文學結緣的人和事絕對不少。這些似乎把列車粉飾得似模似樣，看似沒有甚麼值得傷心難過的事。但正如周漢輝在曾詠聰的第一部詩集《戒和同修》中提及：「其詩句中處處透發來自生活的壓抑，既是如斯普遍，同時更有同中有異的銳利處。」生活的壓抑和銳利處，在這散文集裏也隨處可見，如「在接二連三的事件中展露消極想法，其實更傾向現實」（〈內向而懦弱的救世主——《新世紀福音戰士》碇真嗣的辯護〉）、「自以為堅守正義，卻不知道『放下』的彌足珍貴」（〈說個笑話紀念我——《致命玩笑》的悲劇人物與其抉擇〉）、「明瞭必須長大，又想維持現狀的躁動」（〈我們必須長大，但不要隨便老去〉）等等。

上了車有上了車的壓力，在月台有在月台的自在。正如作者筆下的兩頭貓，或新貓的到來令舊貓不勝厭煩，或貓躲在手提電腦後不定時跳出來抓住作者的手，或家貓與野貓隔着窗子交換見聞，貓不明白很多事情。人又何嘗不是呢？因此我們需要說話、文字、表演，將想法傳遞開去。

我們透過現代詩接觸到作者的核心想法，通過散文則是體味着作者的生活。我最忘不了書中兩個關於習武的片段，第一個片段是在大學學習陳式太極時思考白鶴展翅的實際用法，得到的答案是「動物面對敵人時會盡力將體形放大，不輕易示弱」；第二個片段則是後來學巴西柔術時，發現第一課是要學習如何跌倒和投降，作者的體會是「適時承認自己失敗和力不從心」的重要。少年自有少年的傲氣、成年自有成年的踏實。

無論是車內車外、是人是貓、是虛張聲勢或坦承失敗，曾詠聰都嘗試為自己尋找一個安居之所可以安分守己，不要那麼矚目。然而，作為一位老師、一位作家，時時刻刻都在一輛列車上，而這輛列車又偏偏在一個舞台上，舉手投足顧盼思慮，都呈現於人前。看得你臉最深刻的是你自己，看得你臉最多的是他者，質與量之間，永遠不會一致。這也是讀散文集最有趣的地方吧！

＊上車，意指登車，在香港也指買樓，是香港人頭等大事，在這裏使用或多或少保留了香港人自嘲的味道。

無限接近無限流動的清澄白河本體

曾繁裕

那一瞬間
我希望我是他，這樣安安靜靜地工作，
像天堂一樣沒有干擾，讓黑夜無限延長。
我不斷閃過停下來跟他打招呼的念頭，
但我的靈魂說：「這是個奇蹟，
你闖不進去，因為你不是
也不可能是它的一部分。」

——黃燦然〈裁縫店〉

阿聰結婚的時候，給每位兄弟訂造西裝。於是，我在大華洋服半掩的門外，窺看穿涼鞋的老人獨自丈量剪接。牆上掛着不明的法國證書，時間在那寸光影停頓，但阿聰説與黃燦然的詩無關。

曾詠聰是詩人，但不刻意做有詩意的事情，因為他知道生活和文字是做給不同人看的。

難得他在接新娘時的「愛的宣言」非常濃情，但至「朝拍晚播」環節，宴客卻只見商業慣性操作與形式化的影音，常人難解的深刻，只作笑話剪去。

留下甚麼呢？他的散文集就是苦心縫合的衣裳。那麼安靜，那麼不用顧及喧鬧而膚淺的世界，那麼讓人耗費精神來品賞。

如果，這是評論，簡單一句「天橋巍峨，某些段落我沒有走過，那些決議築起天橋之城的官員，脱下西服又換上古裝，聽從誰的話串連六國遺下的城牆，不卑不亢，在時間裏立下一個更好流走的路徑」，我便可分析他如何延展意象（天橋→城→官員→城牆→時間的路徑），如何文白並置（把「天橋巍峨」、「不卑不亢」嵌進平易句子），又如何把主觀步移引向永恆視角。還有〈社區人與曼德拉〉那篇，可大言後設散文佈局之妙。然而，評論顯然不是閱讀《浮間舟渡》的路徑，也不是閱卷無數的文學科老師創作散文的目的，如他像北島《時間的玫瑰》般寫與詩人的交往，多於分析詩本身。「雜篇」部分，原以為只有校園報刊正能量風格的文字，但〈十個來自文學老師的忠告〉之類，沒教學生在 DSE 摘星，也沒歸納出文字操作的絕對定律（或稱「套路」），而是透過不斷否定來接近文學的本體。

「我站在這裏，又站在那裏，但我知道本體並不是我所能視的。」本集的第一篇第一段如是說。

康德為人的知識立下邊界，先於經驗或超出經驗的，我們永不能知。

所謂「高山仰止，景行行止，雖不能至，然心嚮往之。」不能知，不代表不能望，望而成詩成文，可藉無限內溯對抗無限隔斷。

幸福得多的碇真嗣在〈最後，我來到了灣仔西〉寫道：「我們不時出來交換回憶，因我們是回憶的本體」，回憶屬於過去，永遠無法同在，但文字的咒術使之揮不去。「我們幾個在薯粉店內催促訂單，店員衝口而出問：『你係邊個？』朋友回答說：『我係醬爆丸。』」〈天橋之城〉中那位順着語言的罅隙開玩笑的主體或許仍承載着薯粉店的回憶，但他與阿聰已永無法擦出當時聚合的花火。正如〈吟遊詩人的高光時刻〉止於分離和殘留的共有感受，無論如何執着，也只能像《追憶似水年華》般拉伸文字。

「浮間舟渡」，如阿聰解釋，既是日本地方名，又是「當下處境」和「不完美解答」的拼貼。學者曾言：「戀舊出於對當下不滿。」在苦沙彌的貓大寫距牠十數載的中學生活並引用許多經典動漫電影之外，似乎「戀日」也可讓牠逃離詩人共通的躁動。

沐羽曾引畢飛宇說：「日本不是一個國家或民族，對於當代世界而言，日本是一種形而上。」新宿、東本願寺、紀伊國屋書店、都電荒川線、東京灣……如李歐梵言張愛玲的香港是上海的「她者」，日本是踢過毽、興辦詩社、打過文史哲盃、在文學課得不到學生共鳴、與舊生聖誕聯歡、讓來賓扭新人閃卡的香港的他者，是抽象的、思辯的、象徵的、侘寂的、唯美的鏡，折射繁縟的原鄉焦慮。

或許「外篇」佔一半的E人並不知道，「Behind the scenes」的除了馬爾代夫小島不向遊客開放的部分外，還有他婚宴的晚上，一位女文友真如他命名上一本散文集的「千鳥足」，酒醉，因而步履搖晃，引人攙扶和記憶。或許，我們的本體都隨她搖晃，但各自攙扶和記憶的方式，都會繼續聚合，且共戒，且同修。

目錄

雜篇

內篇

外篇

浮間舟渡——記大久保詩會

從江之島的和煦回來，浪漫特快列車穿越一個又一個車站，不停歇。那些無法登車的人看着車窗內的我們，投下習以為常的目光：沒有驚喜、沒有不忿，一列不同目的地的火車駛過，抬頭看，又一列特快列車駛過，看，像躬身離開神社，又似渡鴉自枝丫裏鳴叫，一切如常。我想起我的貓，燕子或麻雀到露台歇息，牠便急忙走過去拍打玻璃，起初牠會帶點喉音，發出一些齒輪卡住的聲音。我不喜歡。網上資料說，那是獸類無法獵殺弱小的情況下，滿足自己天性的模擬音，用來幻想自己撕咬獵物喉嚨，吃掉對方。後來有鳥短暫停留，牠還是趕緊撲過去，但再沒有發出怪聲，只是單純地跑過去，敲打玻璃，回來，不為甚麼。折射偶爾會把我投映到玻璃上，不論是車窗抑或家的露台玻璃，我站在這裏，又站在那裏，但我知道本體並不是我所能視的。

蓬，隧道，我們專心看風景的臉。到了新宿，本以為又要在偌大車站迷路，斷斷續續的路線及月台指示，以及急進的人流，已讓我們爭吵好幾次，花火大會快開始了，我們仍會在錯失和焦急。幸好一抬頭，便發現轉乘位置剛好是對面月台。浮間舟渡。在新宿已接近一星期，怎麼沒看過如斯禪意的車站名字？四年後復辦的花火大會，蝴蝶效應下一位乘務員奔波，他在月台踱來踱去，示意各位忍讓，我們已經數分鐘關不上門了。我在這個空檔搜尋站名來源，網上資料説這個車站是由兩個地區組成，橫跨東京都的北區「浮間」、板橋區「舟渡」，因此便將兩地合起來作站名。有點草率，與預想截然不同。那就是説，在濁水間載浮載沉，從中折屈而過、隨浪飄蕩並不是一種選擇，反是誤打誤撞練就出來的人生態度。還是應該說不以任何態度觀望人生波濤？

「不去選擇也是一種選擇。」中學老師如是說。那年預科是我理解哲學的啟蒙，而這句話又可能是我學會思考的第一步。接近十五年了，這句話，我好像更能體味當中的無力、軟弱，有時我會想：白頭浪沖刷之下，我耗盡全力扭轉甚麼，是否會有零碎不同？我在大久保留宿的最後一夜，和一位詩友於LAWSON門外喝啤酒，討論沒有對錯的瑣事、自己力所能及或不能及的，當然還有相像的恐懼，之於未來，之於現狀。我們倆被店員趕出來，他用肢體語言表示便利店內不准飲食，是嗎？我們沒有深究他背後原因，多買一罐便走。午夜的週末，馬路兩旁全是東歪西倒的遊人，一個穿戴高貴的婦人，在某個話題跌了出來，我們拾起，容讓她繼續放肆地走，不辨方向。或許你會明白我的，這是我們另開話題時的啟首語。

步出浮間舟渡，我們起初不辨方向，後來發現警方已然封路，無數身穿和服、浴衣的人在馬路走。我們緊隨着。此時煙花綻開，天橋的婆娑我們看到火舌般的雨撒下，路上就歸納一種驚嘆，再來一朵，又再驚嘆，人們的反應才令畫面圓滿，我想。另一半告訴我，今天日本各地都有花火大會，像今午到過的江之島也有。原來美麗的事也有「報復式」和「瘋狂」版本。我們終在一條斜路找到空位，倚着路障看。我不時留意身旁一家人，生怕阻礙他們的天倫風景。一家四口旁有一個曬得黝黑的和服女，我不知道她的衣襟穿戴是否合宜，誠如我不知道她同行男友是否準確捕捉得到煙花、祈禱的手、微閉雙眼和閃光燈。或許又失敗了，他接過手機，這次有點用力。

我在鏡頭前讀詩，是幾天前的事。我選了短詩〈拒絕〉，以及長詩〈白噪音〉，主辦詩會的日本詩人四元康祐替我們翻譯，過程中他的敏感觸覺找到幾處微小枝節，那些片段從沒有人過問，我面對手機螢幕興奮，查找更好的字詞回覆，中文思維及英文文句亦然，還有敬語。負責為我現場翻譯的是詩人岡本啓，據知他是主動要求替我讀出譯本，承蒙錯愛。我們約好短詩先由我讀完，他才一口氣唸出日文版，而長詩則是一節粵語一節日語，這是對現場觀眾最好的安排。過程有如流水，比我夜裏猜想的所有可能來得順暢，岡本的聲線比我溫柔甚多，回港後讀他的電郵，他說在誦讀時可細味詩中的片段，我還在查找字詞回覆，未果。在眾多恐懼之中，我們這條小舟安然過渡，回頭才發現老虎、食人鱠都是幻想，我們皆是愛做夢的歷險少年Pi。

詩會後半節是自由時間，只要有作品，誰都可以被欣賞。他們魚貫進場，以不同方式誦讀：有的配合打鼓營造震撼、有的加入道具和話劇、有的請我們唸一首自己不會讀的詩、有的只以一個搖鈴，叮，簡單地區間詩與非詩時刻……詩友一一拍下來，而我——那個讀了整夜最長的詩的魯莽之徒——只留下花火給予不了的驚嘆。岡本電郵提到，日本詩人過往也着手設計自己的詩集，只是日子過去了，他是為數不多的倖存者。我在日最後一天從紀伊國屋書店買來他萩原朔太郎賞受賞詩集《絕景筆記》，明顯是用心設計及排版，即使不諳日文，外觀上亦感受到他的日常氣息和節奏。我想到設計書本時被否決的失望，又記起自己倉促唸完一節，接着他不慍不火地細心讀好一句，才到下一句，影片倒置了我更像翻譯員。

一連串爆發以後，花火大會停頓了約莫三分鐘，觀眾開始離場。此時才八時許，比原定結束時間早了半小時。日文廣播不住重複單句、人潮流動、有警員拍我的肩膀請我往前走，而不遠處消防車到場，駛前少許又停下。六年前第一次來日，深夜有車徘徊酒店外，重複着廣播，語氣急躁，時而響號，像《EVA》新東京都使徒來襲，我們徬徨如首集的碇真嗣，危難在即卻被勒令留守原地，未給發掘任何潛能。致電酒店前台，用英語詢問世界情況，生怕末日來臨給遺棄掉，對方支吾以對，最後輕描淡寫地命令我們：「Sleep!」

「Go!」第四次來日，還是一樣不知所措，幸好我是後來才知道前方失火，否則碇真嗣早就崩潰了，逃之夭夭。其實我沒有多大反感，從小到大我都被告知我是個逆來順受的人，有時我質疑自己到底是不是不懂反抗？越來越多人訴説之於我的印象，就好像從肯定變成提醒，甚至洗腦，抹去我的抵抗因子，繼而在每次抉擇我都記起這個人設，誠如現在，聽從指示向前走，還得點頭示意自己清楚命令。實驗品一樣。另一半説廣播大意是請大家往前走沒錯，下句卻是「可觀賞得更清晰」，難道説花火節目未完？臨時路牌迎着回程方向，那邊建築物全以地名命名：浮間舟渡幼稚園、浮間舟渡拉麵館、浮間舟渡老人院、浮間舟渡醫院⋯⋯一直沒入街燈微弱之處，大概盡頭便是車站吧？煙花、驚嘆，回歸原點，剛離去的人趕忙回來，矮房子的露台站滿了人，遠看是我家暑天駐足的燕子，這時我又想念牠，我的貓，一切思路自然生成，理所當然，浮間自有舟渡。

起落是無常。這一刻貓在我身旁小櫃子上，我動筆前牠拉着我手。我聯想牠不願我書寫，浪漫地，希望我跟牠耍樂，但其實我輕力一甩便可掙脫。浮間舟渡如果真是人生哲理，它應如地區般分成兩大部分。我可以兩段日本之旅的小事解釋：

「浮間」：回程時我們被安排坐在機艙洗手間前，人們來又去，到訪江之島岩屋般，好些臉孔我已瞥見不下三次，有點煩厭又無可奈何。惟獨遇到氣流，他們才不准離開座位，安分守己地呆坐下來，等待平安。岩屋內的神龍諦聽禱告，四小時航程中遇上三次亂流，我們平安，寧靜。

「舟渡」：詩會前我們和日本詩人小聚，那是一所巴基斯坦民族餐廳，整頓飯都是香和辣組成，我們吃下去全是黃色或紅色，而甜品則是濕潤的白。我們分吃着、討論着，怎都猜想不到原型是甚麼。我們有禮地傳遞食物，像遊戲。若有人問起那一盤是甚麼，那就用借來的語言說：「Something sweet」、「Something spicy」，然後便通關，將氣球剝離雙手。

沒有人能越過氣流，也沒有人質疑對方如何定義食物。「浮間」可能是當下處境，「舟渡」卻不一定是完美解答。那夜LAWSON外，婦人顛簸遠去，我和詩友說起現在所能做的小事，不必上義至生存，但至少別杞人憂天，上台，把詩好好唸一遍，道謝便好。當然更重要的，是有詩，才可去選擇自己在不在場。

承先啟後

我們還是不放心，於是淩晨兩點起來，分工合作：她去張羅乾糧食水，我到天台倉庫取回舊貓砂盆——幸好更換時沒有送人或丟掉。一切準備就緒，她就抱新貓進房，我們任由舊貓在大廳徘徊，徬徨地，徘徊。隔離的第一夜，我掙扎着理智和感情的問題，偶爾深處傳來零星動靜，我都在構想舊貓的疑惑：為甚麼要把我拒諸門外？為甚麼被遺下的是我？難道我表現得不夠歡迎嗎？五時半，我關掉鬧鐘的未來，終究不放心，輕輕挪開在我胸膛睡一整晚的幼貓，起來，拎走門，大廳裏搜索。舊貓確實失卻以往雀躍，半開合的眼眸自我臉上慢慢流去，慢慢地，流去。木地板忐忑的步履，我踱步到舊貓跟前，牠直接沉下去，拒絕閱讀我的眼色。

我是夜裏的貓的輪迴。整天下來我亦心不在焉，課堂上言不及義、比往常多喝兩杯咖啡、走到洗手間，方記得數分鐘前才推過這扇門、覺得教員室特別吵鬧，尤其討厭笑聲、勉強也坐不下來。網上資料說，若舊貓及新貓年紀相差大，新貓並不會特別介意，反倒是舊貓，原來牠擁有百分百的愛，某天毫無防備下給撕去一半，自然難以適應，甚或遷怒新貓。我說今天有會議，無法提早回家，她說不要外出吃飯了，外賣就好。天黑齊了我才趕到家，旋開門，依從網上教學先短促抱過舊貓，再打開房門，生怕新貓等得太久。這時新貓盯着我，叫了兩聲，也慢慢移開眼神，走出大廳，步步為營。

＊　＊　＊

最後一天新詩課，我們被胡燕青老師攔下，她說想重組大學詩會，問我們幾個有沒有興趣。眼神篤定。大學詩會，這個儼如神話般的文學組織，孕育了無數認識、不認識、很想認識的前輩詩人，我們當場答應了。或許胡老師看我份外雀躍，又是上一任系會主席，便命我廣發邀請，不能只得小貓兩三隻。我仗着老師名氣狐假虎威，網上答允出席者立即有六十多人，但願意早起的卻是二十多人，幾個星期以後，老師說不理我們了，文學就是緣分和堅持，我們詩會就剩下十數人了。多年後我看《暴雨驕陽》，學生冒雨走到神秘洞穴讀詩，都有我們夏天的影子。對，電影中洞穴也很狹窄的，人不用太多。對了，他們讀老師作品，而老師並不在場。

忘記是誰代我們報名，參加了某書室的山遊詩歌團。說是行山，不過是青衣一座小山丘，上山下山，如當時流行的「黑色魔法」無聊遊戲。反倒是圍讀劉克襄詩作，極富當年的文青氣息。書室見我們一行十數人，便問我們是甚麼組織？為何對新詩有興趣？回答是大學詩會成員，便惹來更多追問和好奇，也忘記是何等窘迫，有人取出一本詩刊，內裏印有我剛投稿的作品，一陽指一點，我們就用了詩中的兩個字拼湊成名號——「煩惱詩社」。

詩社運行了幾個月，有人提議出版刊物，擺放樓上書店免費取閱。幾位師弟妹代為申請中文系「文心獎學金」，據知負責審批的盧鳴東老師一口答應，稱會全力支持我們出版。我是後來才知道，老師往後都用詩刊作例子，鼓勵我們已不認識的師弟妹善用資源。得到起動資金，我們便簡單訂下規矩：決定以季刊出版、資金分散存於多人戶口、制訂擺放書店名單、郵寄到多間大學圖書館及文化機構、每期一個寫作主題等，摸石渡河。

說到底，最重要是詩的質量。夜裏我們潛進詩友租住的新居，吃着外賣，讀一整夜彼此的詩。我們承襲大學詩會的玩法：糊名，挑三首出來作一循環，逐一賞析和給意見，像拼圖又像猜謎，接着才由詩人現身說法，自行決定解讀與否。我總是不置可否，詩友都習慣了沒有答案，石沉大海。現在回想起來，那年圍讀時大腿的疲軟和麻痺，見證有夢和文學的肌理，詩友早已各散東西，甚或兒女忽成行，一些夜話和故作玄妙的意象，便組成一節無從定義的時間。只是後來我們都活在自己的詩裏面，鑽研着自己鍾愛的意象，不置可否。

＊＊＊

讀中文系時除了詩會，另一傳奇是我們那屆男生，合力贏得「文史哲盃」。我們那屆共六十位學生，竟出乎意料有十一名男生，註冊日便相約好第二天到金城道打球，漸成定制，陳偉強老師和研究生師兄也會參與其中。奪得總冠軍一刻，連同觀賽中文系生拍了合照，閃光之下，竟與《SLAM DUNK》不謀而合，中文系籃球隊亦走向大結局，我們畢業後，學系只餘下兩位替補球員，不得不放棄。

＊＊＊

隔離第二天，我給戲劇學會耽誤了良久，晚上七時多才離開學校。這次是復常後首次公演，同學都戰戰兢兢。距離上次踏台板已是五年前，我驚訝整個學會竟無人有實體比賽經驗。時間磨蝕很多人和事，我們只換回一份空白。為了填補內心不踏實，學生忙着在空轉裏工作：不住排練生疏一幕、修補佈景、把音效剪得零碎、捧着道具走來走去、穿上戲服又旋即脫掉。有趣的是，無人願意琢磨劇本，讓對白和讀白寫得順暢，一劇之本，屬上一輩子的套語。

無人是專業演藝者，自然沒有圍讀環節，對白全仗排練時現學現演的。每年亦有大量新生加入，從表情管理、肢體動作、聲線控制，甚至眼神交流學起，好些新生習慣以「借位」化開尷尬，演出時聚焦對手臉上一隅，全程都與其交流，避免受他人影響。這種方法確實可以保持穩定，但失卻了名為「give and take」的劇場術語，不論台上抑或台下。然而刻意糾正他們呢？又無法在短促的練習時間讓他們上手，矛盾間，只好默許他們有限度地「旁門左道」。

學生收拾道具時，我剛好收到她的訊息：「放心，兩子無恙。」我立時鬆口氣，讓學生換回校服，疊好道具才回家。我赫然想起，經常缺席的新同事也養貓，好像同樣是兩隻。

＊＊＊

詩刊無疾而終，是出版第八期以後。我們最年輕的成員都畢業了，無人繼續申請「文心獎學金」。我相信中文系是寬容的，若我們厚着面皮和系主任商量，未必無法延續下去。然而資金事小，營運事大，猶記得舊校的電腦室裏，詩友們乘我不備，全數複製我的文件，大概求職信和履歷表格式，比我的詩更吸引。

糊名失去意義，憑藉斷句、意象、哲思，準確猜中小圈子內的經手人，早就是理所當然的事。自第五期開始，某種寫法得到嘉許，第六期便有大量複製品，風格日漸單一。現在回想我還是極為喜歡那段日子，只是誠如胡老師離開前所言，文學就是緣分和堅持，沒有後來者，留下來的人互相熟識，有沒有「give and take」亦好，都只是一場不住排練的話劇：這句對白要踏前兩步，這時候要更為用力，全都是計算得精準，且不是靈活的表演。

我在詩集發佈會上，是如此回答主持有關寫詩起點的問題。

* * *

我校不少老師離職，是這數年的事，轉眼間我已是組內第三資深老師。教員室變得吵鬧，一些廖化將軍高談闊論，大講教學之法。我曾聽過一個入職兩年的同工，言之鑿鑿、信誓旦旦地向新同工傳授班主任秘技，那些當了三十多年班主任的同工不發一言，詩友般沉默。

一年一度考績會面中，我被提醒要多給意見，主動一點，「佢哋都係小朋友，要有大人睇住」。穿過日本旅行和午餐地點的爭論，我返回座位，思索自己入職時的態度，以及當下處境。小朋友、大人，我們是怎樣定義成長和成熟的界線？不會仍是依時間吧，我們只得一團空白。

我的舊貓是去年初一到家，新貓則是今年元宵接回來，歷史洪流和銀河距離裏，兩貓年齡差根本不值一哂，我的煩惱也不值一哂。我奢望舊貓做好兄長角色，不必隔離也可相處融洽。起初舊貓沒有太大反應，新貓挑釁牠都不慌不忙，處處忍讓。久而久之，牠不勝厭煩，同時發現給奪走一半關注，自然有點不滿。幾次拍打後，我們才決定實施隔離，有人在家才讓牠們聚首。新貓被困的啼叫，舊貓不再發出的呼嚕，不論專注或失神，我都會聽到。突然喜歡上新同事的嘈雜。

所謂人類，是一種自討苦吃的動物，苦沙彌先生的貓如是說。

＊＊＊

尋找貓砂盆時，我發現有一卷軸夾在倉庫之中，像忍者禁術。交職禮時，我代表系會接收禮物，那是張宏生老師的墨寶，上面寫着「承先啟後」四個大字。

隔離新舊兩貓的第一夜，卷軸裏已劇透我的徬徨和憂慮。

天橋之城

後來整座市鎮被天橋貫穿。我想像城市規劃會議上，官員都手執卡爾維諾著作，木無表情，舉手表決到底興建天橋之城，抑或以隧道組織具象的畫鬼腳地下城。最後是現在的荃灣，紅色線終點站，也是我默認的世界盡頭。那邊已不再需要探索，那邊是一條橫線一道牆，那邊，再沒有任何黑色區塊，需要用腳步照亮和發現。是的，我的活動重心慢慢遷離，開始在不熟悉的街道奔跑，於是把猶如純白鎮的成長起點，簡稱作那邊。

荃灣的起點我也是以橋劃分。初中時連接葵涌邨及大窩口的升降機還未建成，放學的我們，不是選擇亞斯理堂和小學旁的狹窄石梯，就要繞到上邨的足球場（盂蘭勝會除外，陰森的熱鬧），一直往下蹓至荊冕堂、東亞商場，偶爾會到車房對面的籃球場耍樂，但五時半過後，球場便是天王級別的競技館，我曾試過「跟隊」大半小時，甫出場被一個女生連入五個三分球，全場只得「check波」摸過籃球，敗興而還，又蹲下來輪候。往前就到了熊貓酒店，大窩口最後一所驛站，攀上三樓酒店大堂及插滿膠竹的小道，便登陸界定荃灣的天橋。但其實不必遠征荃灣，熊貓酒店底層的悅來坊，已是一個午後放電天堂：遊戲機中心、貼紙相店，還有「常滿」酒家，這些把我劃分為少年和成人的具體意象，在我和影子慢慢拉遠以後，全都消失不見。十多年了我再沒遇過「全場一蚊」的機舖、販賣膠片的「青春無限」，還有火鍋及點心都任吃，人多時要坐在商場中心的酒樓放題。重遊舊地，就只有壟斷一整層解決生活所需的超級市場，連接着果腹和疲沓。

沿天橋進入荃灣，便要穿過一個個連接的商場。小時候很喜歡用力推開每一扇門，感覺就如闖過一個個星球：開首是工聯會，有小孩和老人的閒暇，以及一些便宜的興趣，我和同學在考慮報讀倉頡打字班，五十元十堂；緊接是連鎖補習社世界，左右兩行站滿不同顏色的西褲和校裙，一個白恤衫灰褲子的我，倚牆玩手機裏的貪食蛇，等待吃或被吃；到了食物星球，海南雞飯換成餃子、「素食新一代」已傳給第三代，我們幾個在薯粉店內催促訂單，店員衝口而出問：「你係邊個？」朋友回答說：「我係醬爆丸。」量產髮型的星球，很多男生分道揚鑣，走進不同的門、坐上不同的旋轉椅，捲轉燈轉了幾圈，我們被送回通道，殊途同歸，相視而笑；荃豐是排屋終點，我鬼鬼祟祟地抽起三隻光碟——塑膠包裝、彩印劣質封面，根據指示在紙盒上擲下紙幣。這次我一定要知道誰是老闆。我假裝離開，躲在「有壞包換」的螢光直牌下窺探。終於一個NPC突然轉身，快步取走五十元，然後繼續飾演顧客，在《大富翁4》及《古龍群俠傳》中躊躇。

很驚訝。再踏足荃灣，好像是抄功課的群體作業，在原有基礎上逐一更改，忒修斯之船般，用後來的觸覺去拼貼似是而非的畫面。吉野家之上、三聯書局下的平台，原來有着一個浪漫而古韻的稱號：西樓角花園。我本對於引經據典嗤之以鼻，但剛離開地鐵站，赫然發現週末傭人聚腳平台，已重新包裝成文青打卡處，梯級色彩繽紛，白色碉堡似的休憩處，我想起同事移民前，我們驅車到春坎角看海，回音處互相祝福，辨別地理和方向，「西樓望月幾回圓」。翻查網上資料，從古至今地鐵站沿路都叫「西樓角路」，地鐵停泊處順理成章叫作「西樓角車廠」。只是我一直在上蓋走，沒有發現。那就是說兒時往愉景新城疾走，穿透濾鏡玻璃看到的網球場、燒烤場、康樂設施，也理應是西樓一角。

很想過去啊，我曾對同行的人說，對方笑言他認識地鐵職員，找天我們一起到那邊俱樂部玩。再不然，有誰畢業後任職地鐵，到時候我們帶同妻兒燒烤，你說多好。好。沒有下文，甚至，我已經忘記這情節所有臉孔，一段無人認領的對話，從橋的一邊理所當然地走到另一邊，像時間。倒帶播放，時間軸的起點連三聯書局都結業，人去樓空。我總幻想這個誰會否真的長成鐵路員，班次和離合之間同樣記着這無心之言，佇候哪天月台相見，噓寒問暖，破涕為笑，笑言「昔別君未婚，兒女忽成行」，最後以爐火大團圓結局。

天橋巍峨，某些段落我沒有走過，那些決議築起天橋之城的官員，脱下西服又換上古裝，聽從誰的話串連六國遺下的城牆，不卑不亢，在時間裏立下一個更好流走的路徑。每逢貨車經過，總會感受得到地殼的怨言，我便走得更快，撇開路德圍那甜的回憶、雅麗珊中心球場的汗臭味，越過荃新天地，走進荃灣廣場。小學時我已在這裏流連，那時候吉之島還未搬到隔壁灣景，而灣景還是整座「家樂福」，商場仍未如現在相連，我們一家四口會走地面，擠擁地站在安全島上，滿心期待。還未成婚時妻子首次來到，我和她說起小時候荃灣廣場的格局，刻意在電梯模仿《鎗火》吳鎮宇隔岸開火，砰砰砰，敵人中彈往下墜。

如今噴水池連根拔起，結伴同行的男女，不知有多少聽過這電影。順着天橋走，之後的幾個商場，都沒有在年少中出現。我在海之戀中轉到地面，海濱長廊臭味依然，換過幾屆區議員，還是擺脱不了這城市標誌。這裏叫藍巴勒海峽，某年我戴着口罩在海峽另一邊，對着鏡頭內報讀網上青衣文學散步的學生說。我還分享了一個回憶：中五那年體育老師帶領我們在學校出發，從上角街沿大窩口、荃灣、西約跑到青衣，朝着黃昏和未升起的將來，多青春。現在再辦散步或長跑，只要登上天橋便成，難免沒趣。夕陽西下，倒映海市蜃樓，來到橋的終點，一種斷裂的空虛感來襲，是不是找回失去的用來搪塞，就能心安和完全？對了，隔岸青衣古名典雅，名為春花落，這邊的茎灣除了淺灣的異讀音外，相傳明末清初海盜横行，人心惶惶，故又名：賊灣。

吟遊詩人的高光時刻

——記「文學・東京」交流團日本詩人交流會之夜

自動門打開一瞬，我趕忙和我的詩友們揮手。我先跟一直聯絡和替我在日籌辦活動的岡本啓握手，接着便看到四元康祐張開雙臂，要與我擁抱。那刻我才想到：我會否沒有尊重長輩？在日本犯下了失禮大罪？轉念又想，四元老師絕不會介意的，尤其他笑得燦爛地説：「How are you, Winson?」那是在四月廿九日的東京灣某酒店門外，六十位香港學生魚貫進場。我約了他們六時見面，我們先吃飯，再讀詩。

四元和岡本接續跟我介紹小磯洋光和國松絵梨兩位詩人，我與小磯已有過簡單電郵溝通，為的是V在翻譯其詩作時有幾道問題。其中兩道比較有趣：一、詩中多次出現「ひろ」二字，他想我們翻譯成「英雄」、「寬闊」、「尋找」還是其他。二、一首談及海嘯的詩中失卻了部分字眼，是圖像詩中指大海吞噬了嗎？得到的回覆是「ひろ」是他的小名，而字眼消失了是PDF的緣故，但「我喜歡你們香港詩人的創意」。還有更讓我尷尬的，是當我問及國松在香港讀書的居所時，她回答我半山，而不太清楚我工作的北角在哪裏。半山，我到過的次數好像比日本還少。

我和幾位簡單介紹今天的活動：我們是由四間中學（拔萃女書院、聖公會聖馬利亞堂莫慶堯中學、沙田循道衞理中學、顯理中學）籌組的「文學・東京」交流團，整個旅程都是依從夏目漱石、川端康成、太宰治、村上春樹四位作家足跡，像今天就已走過太宰治的文學散步，後乘坐都電荒川線，到了村上春樹圖書館。這晚是我特意邀約各位，在香港學生面前讀詩，日粵交替，以詩交流，也好讓學生知道我不止是旅團中的吟遊詩人。

「Just like last year.」我微笑地說，接着四元又說了一遍，岡本也笑着說一遍。

四元去年到訪浸會大學，我也曾帶同學生出席詩歌交流會。眼見主家席的四元故意和我七位劣徒揮手，他校學生都大感驚訝。我請四元今次誦讀的是〈我出門啦！〉（行ってきまあす！），一首富有想像的敍事詩：想像早上到幼稚園的兒子，回家後長成三十五歲的平輩身份，與父母訴說着未來的可怕。失卻父母的庇蔭，兒子一步一損地在生活中磨蹭，最後卻不願留下來，執意回去屬於自己的世界，用孩子的聲音快樂而興奮地說：「我出門了！」

未來完全是我們的不道德造成的慘狀
可兒子卻意外的寬宏大量

是因為我已經從他的世界裏消失了嗎？
雖然還是想問個究竟
但答案是甚麼已經無所謂了

四元指着我剛送贈的散文集中個人簡介，發現了太空船一般的表情說：「我的兒子與你同齡。」「那麼我們都快三十五歲了。」四元聽後笑了出來。這些微小片段，恰如網上一些演員訪問內容：開鏡前與前輩互動，能幫忙入戲及自然表達台詞。回港後我重溫與四元讀詩的片段，當讀到兒子長白髮，我讓他抓我的髮端；讀到父子斟酒，我們又互相舉杯，這首數十年前的詩組成一份即興短劇劇本，穿過言語和人的肢體，在已成現在的未來裏重建。「四元老師好像比上次讀得更好。」學生在回程的旅遊巴上說，我坐在他前兩座「嗯」了一聲，用成年人的聲音回答。

岡本給了我兩首詩，時間關係我們只能讀一首。我請他讀〈寄件人不詳〉（差出人は不明），並請同行的香港作家陳志堅替他讀出中文版。岡本讀後說了一些關於詩的看法，我想導遊並沒有完全翻譯，憑藉我的英文名及e-mail等我聽得懂的字句，相信他是帶出詩能越過語言，讓我們好好交流。我在香港讀完他的這首作品後，表達了自己的觀察：新生兒帶着喜悅與期待，卻又對世界的變遷充滿矛盾，無法掌握希望。我非常喜歡這個概念。尤其是「郵筒」、「寄件人」、「信封」等密集意象群：

光不穿透眼簾
仿如掉落在郵筒內。
寄件者不詳
毫無疑問，收到的

信封裏面
是厚厚一疊折疊過的信紙
可是那裏卻一個字也看不到。

看見他看着我說日語，導遊又未及翻譯之時，我才想到：到底在日本的詩學中，有沒有我們這樣冒昧又喜愛挑骨頭的文學賞析。從斷斷續續的句子和他的笑臉裏，我想是有的吧。

小磯是一位翻譯家，他的作品中既有日語也有英文。岡本傳詩給我時，說這種寫法是日語中的「振り仮名（Furigana）」，見面後小磯也說，日本文壇裏非常常見。V翻譯時告訴我，詩中英日雙語並非百分百相同，要不依賴第二種語言完成整首翻譯，就像在危難中不寄託信仰，即使從不祈禱。當晚小磯讀出日語、曾筠湲老師廣東話誦讀，另外再請兩位女拔學生交替讀出英語。V跟我說，把詩名翻譯作〈與一座日本馬桶的訪談〉，除了是盡量貼近原文，還要點明詩中的「機械感」，讓它更像AI對話，抹去人性，單純地讓人類感受物件的可悲和單一。

何か夢はありますか？　有甚麼夢想嗎？
Q what is your wish for the rest of your life
空が見たい　想看天空
A i want to see the sky

國松是我們當中最年輕一位，她比我還要小七歲。志堅回程時跟我說，國松好像在找工作，我笑言志堅就給她一官半職吧。國松的詩如她一般文靜，我參考去年大久保詩會的做法，請詩人在讀詩後，說一下甚麼是詩，四元、岡本都侃侃而談，我卻側耳聽到這有趣的小女生，驚訝地對小磯說了兩句，左右為難，就似我的學生在匯報後突然被我捉住提問一般不知所措。但我很喜歡她的答案，單單一個字：「Observation.」我理解這個答案，尤其很久以前我誤以為自己是共感人，感受得到他人的情緒和憂傷，長成了一道沉默的門後，才發現或許是高敏感人，藉由觀察急速轉化成感受，誠如美劇《Heroes》，弟弟首集和哥哥一起飛翔，便認定兄弟倆都有相同技能，過了很多集才驚訝獨有的能力是模仿和吸收。

若隱若現
二重幕前
沒有被捕捉的人笑了
是在笑嗎，或者
精緻地過分捕捉的前方

一直等待我
這樣的話
寄存掉也可以
（不可寄存）

觀察然後產生感受，或是先感受後投射，只有課本才樂於定義。我想在詩人的世界裏，共感或是高敏感，我們首先都是「人」，唯有人在世界之中，我們才可寫可感。那是我最近感受較深的想法：詩是有生命的，但只有詩人活着。

讀詩後，我們還有少許時間，我趁機把求婚照給他們看。去年四元和岡本已認識我的專屬隨行翻譯V，四元更說他的太太常常記掛我們，說我們很健談和有趣，他會把照片給太太看。岡本看後叫了出來，接着跟小磯說了幾句日語，我想是介紹我們去年如何交流，V君是何人云云。這些出奇的快樂，已不再需要穿過詩再寄託於我們身上。回酒店後我收到岡本的電郵，他說這天晚上很盡興，也從我校送的紀念品上，搜索出我工作的地點：沿海、方正、中央有一棵百年大樹，他看着Google Maps，想像我的日常：教學、與學生並肩、吃飯、演講、寫詩。Now I know where you spend your daily life. 因為距離，我已不知道何時會再見他們，就如導遊在解散前所言，有些組合今生都不會再聚，這四位詩人、我們幾位老師、兩位導遊、六十位香港學生，還有默默在港為我們翻譯的V，很困難吧？相片好像可記錄部分，這篇散文也能留下片刻，然而我們所有人在東京灣分手以後，或多或少都不同了，不限於詩，還有就是我們共有的感受。我出門啦！

社區人與曼德拉

C傳來一則帖文，相中一名性感少女蹲踞兩列貨架之中、紙皮石階磚之上，失焦背景裏隱約瞥見雀巢半身雪糕櫃，以及十多年來我們都未及解鎖的貨倉禁地。相片色調經過調整，記憶中豐盛辦館雖然幽暗，但絕不是陰森，可能是用以凸顯少女身上的艷麗小背心，又或是呼應那帖文的內容：沒想到拍下這輯相片的兩天後，這天再去，這間屹立數十年的小店便黯然結業，真可惜！盯着少女咬緊紅唇，倚着貨架擺出媚俗的、半瞇着眼的思念模樣，我差點就和她一同緬懷沒有她的過去。

當然我不是完全不覺惋惜，只是離開了那小區、大學畢業後到過京都的東本願寺，讀過寺裏一塊牌匾：「『死』的存在，是賦予『生』無限意義。」好像從那一刻起，我立即覺悟，明白老套的聚散有時，就是有些事情注定了結束，我們才會珍視和享受。永生，好像比現在更叫人百無聊賴。正因如此，回顧預科兩年在社區會堂溫習，那裏的人和事特別豐饒、充實，大家都知道彼此是過客，一同奮鬥、一同玩樂、一同到那如今猝逝的豐盛買五元三支樽裝水回去，一切一切都命定在高考後消散，說好再見其實不然，我們知道。高考最後一科必然是中國文學，我坐在只得自己的自修室，沒有任何〈月下獨酌〉的矯情，好像存心等待結束，明天如何，都需要有人關燈，燈光慢慢聚焦，接着收結。

結局可能就是阿雞結婚，像電影劇集，十多個已在職場打滾的舊朋友聚首，交換近況，說起以前，同喜同悲。這畫面我是故意不放在文末，沒有人需要既定方式退場。司儀喚了一聲「社區人」，唱雙簧似的介紹這個組織背景，我們就穿過賓客奇異目光，走上台，拍照，沒有繼續聯絡，各自回到自己熟悉的、獨有的座位裏，扮演一塊安分守己的齒輪，埋頭溫習心事。

我早就知道，考試，包括人所畏懼的公開試，其實是相較容易的人生關卡：問題不會超出範圍、設有時限、不問態度或創意、無需奉承、過程中有人協助、誰聽到溫習都滿有鼓勵、等待有期、必定有結果，無論好壞。

每天早上爬起來，走過滿地木棉花的行人道，關門口村、城門谷，最後是石圍角，像武俠小說各地門派的據點，才到達自己的堂口——石圍角社區會堂。七時半，門外給輪椅通過的斜路就站滿人，Apple姐或Peter哥這時才回來，挾着早餐和報紙，跟每個相識的學子打招呼，叫我們多等一會，八時正才準時開門。我從沒有排過首位，也沒見過住附近的韋哥站最前，反倒是一山之隔、家在象山邨的阿雞永遠是第一，印象中他總是倔強，最冷幾天亦只穿一件白色Puma Polo，和我們到豐盛買零食的一段路，他逍遙地雙手負後，暗暗發抖，不明所以，尤其他的未來太太從沒來過，不必勉強。這裏的人大部分都認識，知道彼此來自哪間學校，修讀多少科，甚至JUPAS排位，唯獨不知道的是對方全名。而沒交談的那些，我們也會以借代或借喻命名：白頭佬、細粒、肥美、高佬，還有疑似在自修室內放屁的霸氣哥，他們每天都來，留守自己座位默默耕耘，不像我們，選好座位便到老麥吃早餐、到豐盛買水、以練習口試為名到外面閒聊，把「社區會堂」的「街坊劇場」搞得比尹天仇有聲有色。

我們最大的聯誼活動，便是在社區會堂外踢毽。石圍角社區會堂前有一個迴旋處，但因這邊是禁區，很少車輛出入，我們便以半身欄杆為網，分站左右兩側對壘。如同所有運動的發明過程，我們不住增加自己的規矩：女生可以用手、毽子碰到後面大樹便重開、賭注為豐盛玻璃樽細可樂等。那時無綫剛好播放《鐵馬尋橋》，我們便舉辦擂台晉級賽，一對一，五元報名費，勝者可得「武狀元」稱號，以及所有五元輔幣。我是不介意女生稱我作「社區馬國明」，畢竟人家都是男主角，高大俊俏，劇中武功高強，符合人物設定，但鐵欄另一面是劇中被嘲「青雞面」的「社區林嘉華」，十來歲被指與年過半百的奸角相像，那年新聞報道一男生因青春痘鬧自殺，動新聞竟致電林嘉華，採訪他如何面對皮膚及自信問題，嘉華哥支支吾吾，尷尬不已。聽着一聲一聲「馬明加油！二哥加油！」，此起彼落，「社區林嘉華」不敵HP每兩秒回復一格的我，實屬劇情需要，理所當然。

踢毽的樂趣，除了提供「行氣活血，方便溫習」的藉口外，還給予我們茶餘飯後的笑話重溫。諸如韋哥為了取回掛在樹上的毽子，將人字拖往上用力一拋，最後毽子跌回來，拖鞋卻留在樹上。每每談起，我們都記得他挾着筆記書本，無奈地一下一下跳回家，我是後來才發現，事發時我根本不在現場，那畫面不過是「曼德拉效應」糅合《殭屍先生》的零散片段，自哭笑不得和驚慄之間，留下一些關乎社區人的註腳。如同我某天在櫃台翻讀Apple姐的免費報紙，她跟我說早兩天黑色暴雨，水渠淤塞，渠務署的人趕來，撈出一大堆毽子，他們頓覺莫名其妙，或要自行幻想才能完成報告中的前因後果。作為那屆「武狀元」，我建議渠務署翻查那年港台處境劇作證據，某天我們比賽期間，一名長髮及肩、穿着多袋攝影背心的青年走來，先請我們向着疑似徐步高搶槍那棟公屋揮手，再跟我們說，他們正在拍攝，除了要把我們攝入空鏡外，還懇請我們聲浪收細，多謝合作。

我們最後都沒有翻查到底是哪齣節目、哪些片段，就似我從沒有翻看考試後去當臨時演員的電影，我清楚知道自己不是等待發掘然後入行的潛質演員，更多時候我都是站着、行走、經歷，沒有細想值得不值得，沒有拼命抓着機會。在每天的循環裏，我就是穿過各大門派，排隊，吃早餐……按部就班地完成整個高考期，偶爾認識新朋友，突然被Apple姐徵召護送某陌生女生回家，還專注地替對方搜索可能是虛構的痴漢，揮手說再見，就回去繼續半耍樂半溫習，多簡單。

應考文學前一晚，我繞着迴旋處背誦詩句，明日到底會如何？我沒有絲毫概念。蹲在石壆前盯着社區會堂，前面大樹懸吊着幾隻毽子，像許願樹，太黑了看不見人字拖去向。會堂裏Peter哥正打瞌睡，我會提早離開，好讓他準時回家。仍未到東本願寺，卻已知道結束的必要。自修室內只有幾個大學生趕報告，沒有認識的人，也沒有借代借喻的NPC，人和事或許都是我憑空揑造出來，如同江湖傳聞，《叮噹》最後一集，大雄赫然發現所有冒險都是晚上蓋被子想像出來，日間面對技安的欺淩、阿福的嘲笑，以及心儀的靜宜與優才生出木杉越走越近，只好幻想一隻機械貓保護自己、聆聽自己。而那隻機械貓還要受過創傷，哭成淚的顏色。同樣一下子只剩下我，黯然，還有當然在場的管理員，方配合這冰凍的自修室，和鐵價不二的考試制度。

當你讀到這裏，以為最大的反轉就是老生常談的《幻愛》套路，所有人情味小區的情節都是我杜撰出來時，我就要跳過考試和等待，刪去重遊舊地的劇情。沒錯那年過後，兩位管理員便被辭退，理由同樣冰冷：職務被合併了。那些年以環保為由、建立小圈子為實，取代每次簽名進出自修室的自製過膠卡牌，沒有人回去領走。我甚至不記得，我在上面畫了甚麼。在我幾乎可信誓旦旦、言之鑿鑿地宣佈，從頭到尾，這段經歷只是一個溫習得苦悶、翌日又要應考文學創作「寂靜中的聲音」的預科生，構想出來的《七十二家房客》和《六樓后座》變奏版時，我用「甩牌」形式為高考文學甩出了一支火箭，沒錯，就在母校最後一屆文學科裏，讓她擁有金盆洗手的真憑實據。

「如果應考前一日，我哋無喺社區前係咁拍波引你出嚟，你邊有咁好成績？」C說。

「行氣活血，方便溫習呀嘛。但問題係我全日都無溫過書。」我的嘴巴不受控制地回應道。

「咁以後你都可以同學生講，唔好死讀書，做吓運動，放鬆啲好過啦。」

還未完，多贈你一個有趣的曼德拉效應：小背心少女後來又多發一則帖文，指豐盛辦館並沒有結業，只是路過它鐵閘緊鎖的那天，原來是重陽節。哈哈，歹勢。接着就是她張開雙腿，紙皮石上擺出嫵媚誘人的照片，C按讚動機未明，卻證實這篇無病呻吟本來並不需要。誠如某次我們合資買下一隻某人聲稱「睇好」的駿馬，一眾男女圍着Peter哥櫃台的收音機，聽着那隻馬後勁不繼，越走越後，最後消失。於是一行人到豐盛購買可樂散心，互相埋怨，夾雜潮州話口音的老闆笑道：「你班友搭沉船，考大學就考大學啦，搞咁多花臣！」哈哈，歹勢。

後記：本文交予編輯一星期後，C再給我一段影片，片中女生介紹石圍角邨，期間到豐盛購買按樽朱古力奶，付款時另一客人問老闆「做到幾時」，老闆回應聖誕前後，我和片中女生一同驚訝，並聽着老闆解釋是全部商舖「冚唪唥收晒」，我想這是最後一個反轉了，也是唯一一個我和你們都始料不及的大反轉。

惡與校褲

「疫情」變成所有荒誕劇的起因和結局，大世界之下，小人物繞過一圈，白活一場。九月初上學的中一新生，戴着口罩在走廊一端，奔跑到另一端去，習以為常。奈何供應商內地廠房被封，男生仍穿着小學短校褲，五顏六色地走，格格不入地適應名為「新常態」的變態。去年文憑試以「校服的自述」作寫作考題，他們說考生千篇一律地記敘自己與主人於校服店相遇，上學，共同經歷一點甚麼，但疫症橫空出世，「我」被摺疊或掛在衣櫃前，冷看着主人對着螢幕上課，關掉鏡頭，打呵欠，失卻青春和意義，最後突然給穿上，走向畢業禮的禮堂，謝幕。這是近乎離題的，考評主任說，我們設題目的，是希望學生重點描寫校服與自己的經歷，而不是旁觀生活。是嗎？這個年頭不願接受改變的，只得我們成年人，穿短褲的中學生如常，絲毫沒有察覺任何雜訊；如同NPC旁觀只穿泳褲、手執狼牙棒的玩家大搖大擺地走到街上，這才是我們面向現實生活應有的態度。

那年我都很怕被看穿是異類，縱然更換了上衣，校褲和皮鞋依舊，瞞得過大門保安的法眼，還得留意出入口有沒有訓導老師的蹤影，即使我玩的不過是《百萬大問答》或《超級比一比》，這些「小惡」也需要同等份量的誠惶誠恐「為之」。我就試過在《三國志大戰》褪色廣告上，瞥見學校那多管閒事的禿頭晃動，抓起硬幣拔腿就跑，與兩位同學縮進廁所一格，形同《今際之國的有栖》開首，躲個半天方推門，為末日未至鬆一口氣，離開前耀武揚威地跟保安道別，接續下一關卡。那些大嬸怎會不察覺我們的學生身份，我們只是cosplay古天樂版項少龍，剝去外衣露出公仔白tee，便自以為闖蕩江湖橫行無忌，到了謝師宴我們便明白，任何購買西服的都對灰西褲黑皮鞋避之則吉，刻意與舊我割捨，故作成熟，偶爾憶起過去，才哼一句「白色恤衫灰褲子／再穿一穿可以麼」，但其實不會，校褲用料已不再體會得到。

手冊清楚列明冬夏季校褲材質不同，但別說季節，男生每天都穿同一條校褲，我甚至挑選相較透氣的物料，權充放學後的波褲，切入上籃，輕鬆自在，寒冷警告亦如是。十數年前的葵涌邨街市，有一婆婆專營改衣，上至葵盛的三級武館學校、下至葵芳的書呆子菁英都會找她改褲，學生哥甫掀起千元鈔票浴巾，她便問：「蘿蔔腳定修短？」我並不喜歡婆婆形容為「蘿蔔腳」的窄腳褲，反是初中時期常取笑他人「吊腳」，為免五十步笑百步，故多選擇褲管較長、坐下都不露出白襪的那種闊褲腳。然而加上剛才所說的元素：透氣、運動、不能吊腳，糅合出來的結果就是給磨蹭得變薄，發白，繼而破損，拖泥帶水的，像上學的我們，一下子丟失了大片時光。

恤衫必須顧及汗漬，領子、手袖也要保養齊整，但之於校褲，其實我沒有要求。高中時我寧可兩星期修剪一下頭髮，也不願更換校褲，好像校服是被迫套上，髮型才能自己選擇。每天早上抹好髮泥，掂起髮尾，噴好定型才完成儀式，趕忙時校褲更是抹手布，向下一擦，狼狽離場。相較注重校褲，是放學後到四海打保齡。當年保齡球場以學生價十二元招徠，我們會在浪擲時光的午後，聯群結隊，四、五人佔一條球道，輪一局都耗上十分鐘，志在聊天，以及欣賞灰校褲下借來的保齡球鞋。球鞋以白色為主，一邊紅色，一邊藍色，褲腳安放其上，平實中冒出新奇，早上理所當然的黑皮鞋位置，在習慣的視覺裏錯置成三種驚喜，比當年藝人經常西褲配純白 Nike Air Force 更具玩味。好幾次我們都密謀把較少人借的十一號新球鞋偷走，甚至討論到如何用天拿水拭去「四海保齡」的傷痕。斷斷續續的比賽間，我都在偷瞄附近有沒有球鞋落單，只是一想到大家都在荃灣、葵芳兩區遊走，同樣「四海」為家，穿上去任誰都知道自己是鼠竊狗偷，唯有打消念頭，取回皮鞋離開。

後來我理所當然地離開中學，不論在現實或是這散文。它沒有下文，那條爛校褲若傳承給弟弟或是鄰居可能是另一故事，但它沒有，它甚或比那件簽滿名字和鼓勵說話的白恤衫，更早錯失於人生某個不知名的階段。遺憾的是，那年在保齡球場只拍半身照和全中畫面，往後無法與就讀名女校的另一半印證當年美學，介紹十九歲以前的我。千禧年的叛逆都相像，我們從頭到腳也在展現自己不一樣，繞了過去，建立了相近的抵抗和百無聊賴後，再說出來，竟變成集體回憶般庸俗，緬懷都好像負面，即使我們曾如斯用力地鶴立雞群，讓那條灰褲子同中有異。

去年糊裏糊塗地當上訓導老師，第一件要偵查的便是學生假冒他人到小食部「賒數」，共三十一元。最後以受害人，即小食部姨姨放棄追究而結案。當年陸運會我仲要去廁所捉學生食煙、賭錢，家陣要走去看台叫學生專心睇比賽，唔好溫書。老前輩笑着說。誠然我當了一年訓導，也從沒有記過一次校服問題，或許早早就沒有人懂得或願意修改校褲，偶爾他們坐下來露出襪子——明目張膽的「剔號」，原來已是「新常態」的最大反叛，真的要告誡他們「勿以惡小而為之」，努力鑽研「大惡」，好歹讓校褲參與一下，方能滿足考評主任，或未來嗤之以鼻的共同回憶。

獨孤求敗

「禿頭老僧淺淺一笑，一式擒拿手赫然撲出，惟萬景峯藝高人膽大，雙拳迎擊，暗暗運氣，深厚內力把禿驢彈往八丈之遙……」時值千禧年初，萬景峯是荃灣區搶手樓花，禿頭老僧是經常針對我的數學老師，那時我還會窩在深夜浴室，為《碧血劍》艱難地揭頁，翻讀金蛇郎君跨不過的未來。我想，那時候的「以讀帶寫」比我現在教授的技巧更得心應手。

同學會爭相傳閱我的小說。我知道並不是我寫得多好，而是課堂太悶，他們又想看看自己在哪一章節出場，如讀着自己的命途。禿驢是打不死的：因為十數個年輕少俠排着隊虐打，他逃走了嗎？繞過村莊和情節，便有另一門派的少年等待着；可是現實我們不敢作聲，老師的粉筆暗器，明知即將撞上，我們的腦袋仍靜靜候着，點穴一般。

從前我渴望被高手傳輸內力，不勞而獲。又或是遇到風清揚般世外高人點撥，突飛猛進，再不然碰到癲狂怪人，學會少許《九陰真經》，調理身心。算了，即使被異獸帶到劍塚，甚或誤打誤撞拜了神像，得到了絕頂輕功或金蛇劍也好，只要人生有片刻擺脫窩槖，放肆射鵰，才叫不枉此生。然而現實我們受到丁典暴打，卻得不到他的神照功與和解；一朝得志，最後淪落為斷腿的歐陽克，又或是被真正豪傑擲下山的慕容復；習不到逍遙自在的令狐沖，長成了陳家洛的優柔寡斷。

數年前我學習巴西柔術，那些糾纏和扭打，與金庸以掌風劍氣逼走對手截然不同。師父在第一課教我們如何跌倒和投降，適時承認自己失敗和力不從心。我出奇地為喘息而快樂。據聞禿驢轉讀神學，當上傳道人，小說般妖言惑眾；萬景峯吸引不再，卻依然屹立至今；學不會任何神功，最貼近武俠一次，是編了名為「桃花島」的足球排陣，以混亂奇招，奪得班際足球比賽冠軍，回家路上，連跑帶跳，一招見龍在田趕走城門谷的麻雀。

時間論

「死」的存在，是賦予「生」無限意義。

——蓬茨祖運

穿和服的女孩用廣東話和她的母親說：「哎呀！唔飲得㗎！」大概是以為我和V都是其他民族，不懂她們自以為是的禮貌和文化。我們指了指淨口告示，便合十雙手，笑着步進東本願寺。我不肯定和服母女有沒有看懂告示，現在回想，或許她們是時空旅人，在疫情爆發後逃回過去，警告一切存在的風險，未來或因而改變。算了，我只是說笑，她們都是莽撞的過去了的人。

我就是在那裏遇見「死的存在」和「生的意義」。

那個牌匾的震撼我用慢鏡回放：一間空蕩蕩的房間，和我。V不知走到哪裏，而我，正仰視着牌匾上面的文字，鏡頭從我背後慢慢地、慢慢地挪移，由左，至右。八時正的陽光穿透落地玻璃，牌匾折射，我的影子直接烤焗在榻榻米上，或會繼續往下滲吧？我想。是的，我形容的是《花樣年華》裏的周慕雲和吳哥窟，以及只可用空靈和散漫來描繪的事：時間。

電影一般，確實有事在靜謐間發生，在這一幕前發生。但放心不是詭異之事，而是更淡然無味的枝節：V在來往大阪和京都的趕忙間，被車卡間的門夾破了手錶。我們是被兩個優雅的上班族趕走的，幾年過去了，我們都找不到屬於自己的指定席，仍在《殺手列車》中來回奔波，瓢蟲一般。

我們安頓好行裝，便依從行程繼續奔波。忙與閒裏，V走進一間手錶店，一名外籍女生悉心介紹着。我既不懂日語，又不太喜歡站着看別人侃侃而談，便退到外面買雪糕，全程沒有參與。我是事後才知道，她們兩位相談甚歡，外籍女生是來日工作假期兩年，刻意選擇京都，是為了在空閒時間探訪這裏的寺廟。所有寺廟。

「在京都共有二千多座寺廟，我想一一到訪。」（女生用英語邊説，邊為V包好木製手錶。）

「二千多座？」（購物程序已完成，V不知道繼續交談是否合適，有點左右為難。）

「是的，有時候我一天可到一數間，因為有些只是一般家居大小。」（女生仍樂意分享，或許很難找到懂英語的客人吧？）

「哦，那麼我明白了，就像香港的天后廟和觀音廟吧？」（幻想中的我突然現身，接過包裝好的手錶和話題。）

「也可以這樣說。不知香港有多少間寺廟呢？」（女生開始因幻想場景而說回廣東話，也無礙，人數比例上還是要尊重我們的。）

「以前我家住葵涌邨，常常經過一間天后廟。那裏有個光頭漢打理，他走進去打點，廟內便容不下其他人。」（我比畫着，亦下意識摸了摸頭髮。）

「差不多啊！日本有些寺廟也是這麼大小。」（女生也比畫着，雙手平放又折曲，好像說這麼大，就這麼大。）

「那你為甚麼要遊遍二千多座呢？信仰？觀光？」（V雙手負後，禮貌地問。）

「沒甚麼原因，那是我訂下的目標。可能是我有時間吧。」

時間。我回到酒店房，手上拿着木製手錶。小時候我就覺得手錶是矛盾的，人類把抽象及無形的概念，牢牢鎖在三支針和相同刻度中，讓這個星球的人，也要公平和遵守。現在這隻木手錶就更矛盾了，那棵樹木自然長成，經時間孕育，卻被人劈下和打磨，造成給人看見的規律，再經一個女生從美國的十多小時機程，帶到京都一小店販賣。最後代替了因找不到座位而意外犧牲的另一隻手錶。很複雜吧？

時間依然前行，來到我站在東本願寺的那天，好像是購買手錶的三天以後，那時世界無恙。玻璃外，僧侶靜靜地走過，沒戴手錶也知道自己去向。V來找我，站在我身邊讀出牌匾的字眼。我笑着問她，世上有多少座寺廟？如果我得到了永生，我就不工作了，然後遊遍世界不同地方的寺廟。有何意義？V問。但很快我們就笑了起來，彼此都知道，我們為了生存。無界線的生存。

快鏡幾秒，我在東本願寺的門外見到一隻鶴，再快鏡兩個篇章，我回到香港，寫了一首短詩，為的是記錄一小節時間的誤讀。又過了幾年，突然想用文字翻譯一遍，無他，有時間吧。

〈東本願寺〉

屋簷一雙易碎的耳
晨雨中傾聽信眾誤讀梵語
來自濁流的意象
坐在條木褪去橘肉色球鞋
揪住膠袋腳掌也學不會輕放
一群約好悼念世界的僧人
從圍誦中紓解
銀河上下游的一切塵囂
旅人來回踐踏宇宙殞落的碎石
沒有一個記得洗滌水勺的銅氣

我在三個鮮艷大鼓間
想到一座容納二千寺廟的古都
怎麼沒有一所生的遺址？
一些不重要的枝節
不過是念珠上一圈循環
僧人可越過不鍾愛的木珠
專注忽略今生的形狀：
寺外佇立一隻仙鶴
讓整棟莊嚴在淺景深內焚化
偶爾有人自牠的眼眶
得到生命最後一道課業

二〇一六年八月十八日　京都

後台與東方三博士英靈

亂葬崗、日軍侵華時的人體實驗室……香港地少人多，鬼怪的籍貫及出身亦少不免相像。我的母校便流傳七宗不思議事件，除了校名招牌的「中」字某年壓斃路過老伯的傳聞外，另一荒誕的要數禮堂後被密封的大型掛畫——東方三博士圖。江湖傳聞掛畫內的三博士偶爾會動起來，參拜馬槽內的聖嬰，又或是張羅聖物。不少後台工作的學生異口同聲，說三博士被發現後會立即擰過頭來，卻沒有跳出來吃人，反而予以微笑點頭，分享普世歡騰的喜悦。倒是那些沒禮貌的廢青啊自然雞飛狗走，有一次更跌撞到前台，打擾週會講者栩栩如生的發言，以及台下過千師生的清夢。

「那些師兄說，見過三博士走動的學生全都會發高燒，校方嘴巴說不信，卻把掛畫包裹起來，不敢丟棄。」一個附帶體味的短促小息，男生坐在小徑長枱，每人一碗四蚊福字麵。兩分鐘的靜候時間，有着烈日、蟬鳴和鬼故事。

「老師不是說東方三博士是在耶穌出生後兩年才抵達的嗎？」更心寒了。我想這才值得三博士予以微笑點頭。

會考那年代表畢業班上台表演，我也忘記了表演內容是甚麼，只記得手心發麻，想到下一次再上台便是領取畢業證書，便刻意從緊張氛圍抽離，不自覺踱到後台。芸芸雜物中確實豎立一畫框，一塊白布蓋於其上，污漬或霉菌攀爬着。抽氣扇滲下來的光示意我繼續往前走，穿過堆疊的收音機、破書桌、硬皮文件夾、舞蹈組或戲劇組遺下的化妝品，我躡手躡腳，像極驚慄電影序章那些好事之徒，揚起白布，釋放被封印的地獄三頭犬，旋即犧牲，尖叫聲中引領主角進場，他正咀嚼着吹波膠回校，渾然不知往後兩小時要面對的惡靈及校園怪談。

但我沒有，我沒有翻開白布，縱然我依舊是他人故事裏的小配角。緊張讓時間和我壓縮得像鋁罐。我在掌聲中被拋到台上中央處理，發出一聲無意義的音效，跟眾多畢業代表一同被擠壓，倒模，運來運去，各散東西。重組後輾轉回到後台已是數年以後，從恤衫換成另一件恤衫，我擔任起戲劇學會導師，帶領學生把道具分門別類存放好，平行宇宙下所有禮堂都是長方形，吊燈是烈日，音響迴聲若蟬鳴，我們愛演漫長的鬼故事。我和教練商量好，盡量讓學生皆有登場機會，故此幕後人手極為不足。我其中一項後台任務，是在演員假裝跳樓自殺時，用力鎚打後台台板，製造震撼。是次比賽劇目以單元劃分，該單元對白不過十句，全由動作、聲效交代校園欺凌，用意建立無形壓力及張力。演員此刻正表演內心角力，不忿，站起，推開老師及同學，快要闖進布幕之中，教練腳踏噴煙機準備就緒，我雙拳握緊，時間精準如排演，砰，噴煙，驚嘆。禮堂迴盪着死亡的脆弱和節奏……

鴉雀無聲。然後，驚慄電影另一款典型序章般，台下一位學生發笑，另一個被感染似的又開始大笑，最後是整個禮堂的人在笑，哄堂大笑。我在後台與教練、剛完美自殺的演員面面相覷，台上留守戲劇世界的欺凌人遲緩了數秒，才繼續演活不在乎和推卸責任。

當然沒有殺人狂躲於人海之中大開殺戒，完場後我們在禮堂內圍圈，評審留下來交流，但盡量不透露成績。一些尋常對答後，有人談到悲劇後的歡笑聲，那不尋常的地方。評審問我安排了哪些年級到場？中一、二吧，比較不影響課程。「太年輕的觀眾，我們控制不了。應該說他們控制不了自己：欺凌太日常，自殺太突然，他們代入故事後，接着『砰』！剎那間抽離出來，情緒或精神短路，反應不過來，他們就只能笑，自己尷尬地笑，讓別人尷尬地笑。」評審邊説邊環視我們，邊比畫手勢，有一兩次和我眼神對上，説到聲效時更以拳頭鎚打另一隻手掌，洞悉一切卻不在後台，成年人的我不知如何是好，只能提醒自己不要笑，點頭便好。

後來職務堆疊起來如雜物，流連後台的機會越來越多，內裏的人大多一樣無能為力，我就只能看着，扮演《Star Wars》英靈旁觀他們的痛苦。母校深處的東方三博士畫像，或許是百年前創校的英靈，霍格華茲同款壁畫，看着緊張的學生被折騰卻微笑不語，如我：司儀、學生代表賣力背誦、電台新生在校長致辭時關燈、戲劇學會丟失了借來的道具，還有學生把羽毛球打到後台，遍尋不獲：「我在後台繞了一圈，發現一道旋轉梯往上。」學生故意吞一下口水，泰國餐廳裏我們不認識的神和佛都諦聽着：「我走上去，穿過窄道，來到一道鏽跡斑斑的鐵門前，一把鎖頭沒有鎖上。」

「羽毛球怎麼會在那裏？你都說門關上了。」每個年代都有掃興的學生自以為是，他們值得來自凡間和滿天神佛的輕蔑。

「找不到就要做掌上壓，羽毛球跑到女廁或校長室你也得闖進去。」說書人的畫外音令我笑了，反應不過來的笑。「我推開門，搜索旁邊的燈掣，甫開燈，內裏放着兩列無盡的鐵架，上面是無數硬皮文件夾，我想數十年來學生資料就擺在裏面。而此時一個硬皮文件夾跌在地上，從遠處看它正展示着其中一員的資料，我慢慢走過去看，一步、兩步、三步，嘩，是我的個人資料。我在想，我要死了嗎？這裏不是學生資料庫，而是《死亡筆記》的死神之眼嗎？然後我一抬頭，嘩，一隻栩栩如生的烏鴉在鐵架的空缺緊盯着我。」

整桌學生都本能地往後一怔，接着就開始笑了。學生慌忙地說出這所學校的怪鳥傳聞，我沒聽懂，大意是大樹、放學後、會吃老鼠或麻雀、突然出現又突然消失吧。「我跌跌撞撞地走回禮堂，你們仍舊在打羽毛球。我向陳 **sir** 報告，他卻說那是校園重地，不可能讓我自出自入，叫我不要為丟失羽毛球而胡說八道。」

我相信這故事又會為他人的初中生涯加插了支線，我能想像以後無數個歷奇營、童軍露營、福音宿營都會在深夜環節多畫一筆。誰的手機因亮燈而耗掉了5%，誰人又緊張得多喝了半杯水，被子拉扯而損耗多幾分，這些都是我們控制不了的，諸如畢業、諸如前路、諸如更多微不足道的連鎖反應，我只知道戲劇學會弄丟的巫婆肩上道具，原來放在鐵架上，稍後放回原處，便可請相熟校工鎖門。要他提心吊膽地破例為我開鎖兩天，好應該買一杯泰式奶茶道謝。

白鶴亮翅

牙骹痛了多月，最近更像給毒魔纏繞，樹根似的痛蔓延半張臉，張口亦非常吃力。有時還聽到內裏有聲音，剝開的聲音。讀書時期曾有同學大笑，牙骹鬆脫，益智動畫機械人般，開開合合，說出來盡是鐵鏽味的悲涼與滑稽。網上搜索數分鐘，林林總總的痛和成因都不相像，最後鍵入一間專治痛症的診所，句子方方正正地宣判：習慣單邊咀嚼。對了，我就是過度保護我的補牙，忽略另一邊壓力，至少我是如此解讀，又如此說服自己。盡快求醫，嚴重可導致聽力減弱，網頁方方正正地警告。

今年好像特別多人哭。同行的同事說。一輛救護車駛過，我們的視線跟着挪移。

甚麼？我以為聽覺已在策劃撤離，但腦袋讀懂以後，又不知如何回應。從小就不會small talk的我，單純預習天氣、八卦、笑話已極為艱鉅，現在得配上觀察和剖析他人感受，還有不能自如的嘴巴，就更不知所措了。未婚妻跟我說，你的社交結果雖然判定為E人，但都不過是從人群中搾取能量，並不代表你善於交際，一時語塞也不要緊，放輕鬆。放輕鬆，我暗暗跟自己說。

成年人偷泣，我確實見過幾次，對，這一年。囚室裏各懷心事，怎麼安慰他人都不合適，甚至附有虛偽氣息。試過找別人商量要事，踱到他的座位，對方正忙於抽泣，卻不慎轉過頭來，我們便要隨即開展交談，可笑的默契。我們一邊交換想法，我一邊關注他不時流淚又爬滿血絲的眼，那是對方的眼，別人都介入不了。整場對話我也在找機會安慰，然而錯過了「發現」當刻的驚訝神色，突如其來地探問又會給誤解為多事，旁人會以為元兇是我嗎？直至說「謝謝，再見」，說辭哽在喉內，衝不過堅實的鐵閘如口腔，唯有嚥下腸胃，消化，溶解，多冷血無情。偶爾想起當刻窘態，也像得了傳染病般想垂淚，紓緩痛症，扣減罪孽，可能是疼惜對方無人明白，又可能是怪責自己旁觀痛苦而視若無睹，虛偽，沒膽量，只着眼工作，其餘甚麼都沒有。

* * *

「你告訴我，有沒有讀過學童自殺的新聞。」話筒另一邊激動地說，只容我回答有抑或沒有。不可解釋。

有。一頓謾罵。我很想告訴對方，當然有，教學第二年便有學生輕生離席，一整年我都小心翼翼，不要多傳一份工作紙下去，眼光刻意忽略空座。他們絕望時無人在旁，沒有在掙扎時想起我，至今我也像按鈕一般，讓笑容機械式鬆散，情緒隨時隨地撤去，無從接續歡樂，或從無歡樂——現在有我認識的人受苦，在世界的一角——我時常閃過如斯念頭——閃——過。這些臉容相較沉默，深處的萬千理由我們不可預視，所帶來的恐懼絕不是遲到三次被點名系統自動記下缺點接着家長來電投訴指學校迫害學童心靈脆弱隨時墮下你們成為殺人兇手可比。

電話，小時候老師的最大恐嚇刑具，現在卻變成恐嚇我這個老師的工具。回到座位，我幻想被學生送上絞刑台，一左一右，木梯因失修或前人太多而發出嘆息，沉重，我一步拼一步地走，台下全是模糊的成年人的臉，他們叫囂他們辱罵，指責我墨守成規，沒有同意及習慣別人示弱，尖叫聲中一把特別凌厲的，要我回答有還是沒有。給反手綁着的我無從申辯。他們開始蒙起我的雙眼，撬開我下巴的堅定，塞了一圈紙團，可能是誰不合格的試卷、滿佈批改的作文；我變得緊張，滲汗，想到這是結局：人死了會怎樣呢？學生跟我討論過，現在哲學無用。兩隻愛貓啊，我走了就沒有人阻止你們吃塵，要克制啊！腳下踏板隨時消失，一秒間構想懸空構想失重，現實又會是矛盾的實在。下一秒，會是誰人拉動機關？遲到三次的學生？輕生的你？抑或在我面前流淚的同事？你都沒有關心我，他們異口同聲說，所有旁觀者說。我的視野一片黑，空曠得足以跳舞，不可伸展。

＊＊＊

「放諸現在你便是虐兒，改天我去告發你。」媽鮮有地認同我，我笑了起來，有點痛。我沒有告訴她牙骹的事，還是不讓人擔心比較好。一路上我們討論的是兒時另一種軟弱：二年級時我讀傳統英文名校，某年考試我發起高燒，媽帶我看醫生、吃藥後，見我有些微好轉，便背我到學校繼續考試。是的，背了一整段路。我已經不記得了，媽這幾年卻不住重溫，我好像也逐漸觸摸到座椅和筆桿的冰冷，以及額頭的發滾。記憶是有趣的時光機，我們隨時可以回去。媽說整個禮堂都鼓掌，便有了震耳欲聾、鋪天蓋地的掌聲，為着我、為着她、為着可有可無的辛勞，或徒勞。「現在你便是虐兒。」我重提一次，彼此又再笑了起來，徐疾有致。

我們並肩走了一段路，我跟她說今年好像較多人哭：成年人、孩子，傳染病般，我想我也不遠矣。廣場上今天沒有人跳舞，反是有一群退休人士練習太極，音樂緩慢，他們同步緩緩地張開雙手，右掌上揚，左手從右掌緩緩地向下拂，左腳曲膝抬起，停頓。我認得那是「白鶴亮翅」架式。大學讀過一整個學期陳式太極的我，當天便問過教練這招的實際用法，他思考一會，用授課語言回答我：動物面對敵人時會盡力將體形放大，不輕易示弱，所以有這樣的擺手。然而這一式真正有效的攻擊，只是抬起的左腿，有甚麼來襲，就把它速速踢走。That's it？That's it.

理所當然的綱

貓準時五時追逐，我會坐起來，定睛看看牠們的戰況，偶爾拍打被鋪，讓其中一隻名為邱吉爾的黑貓跑過來睡。打鬧原因大同小異：眼神、位置、肢體過於接近，據說每隻貓的理想活動範圍是一個籃球場，劉克襄在《虎地貓》一書便記錄了嶺南大學的貓，如列傳，牠們會交錯、會見面，但大多時候都蹲在自己領地，完成生老病死。我家居住了兩個人和兩隻貓，單位雖然比以往獨居那個大了不少（當然沒有兩個籃球場大），但人均面積卻比那時小。我沒有抱怨，確實沒有，只是不能否認，現在多了一些顧慮，不免縛手縛腳。

大半年前，妻子打算重鋪地板，我就想過裝修前在二人的拖鞋抹一層螢光顏料，記錄彼此頻常出沒的地方，簡單追蹤。這個計劃沒實行，最後依賴八達通及AirTag，總結出我在香港徘徊的網。真沒生氣和新鮮感，除了家和辦公室，以及一些閃現過一兩小時的講座地點，餘下盡是餐廳、超級市場、玩具店等，一張理所當然的網，像自動導航。

最近天氣回暖，野貓在附近低鳴。我知道邱吉爾曾伏在窗前與牠傾談，朋友似的交換見聞。但冬天過去，和平日子不需要戰爭英雄——一個關於邱吉爾和失寵的歷史笑話。野貓換上幾個角度都得不到回應，聲音越來越遠，越來越淡，我想像一個籃球場大小、螢光綠的網狀格子，逐秒移離我家範圍，網心有貓形圖案，略帶失望。邱吉爾並不知道，每天早上跟家貓打鬧，主人保護牠拍打床鋪，平常有吃有喝，能遮風擋雨，是拋出一個錨穩住網心的幸福。只是自私主人如我，倒希望牠終此一生，不曾遇見樹根，牢牢地、安穩地，給網住。

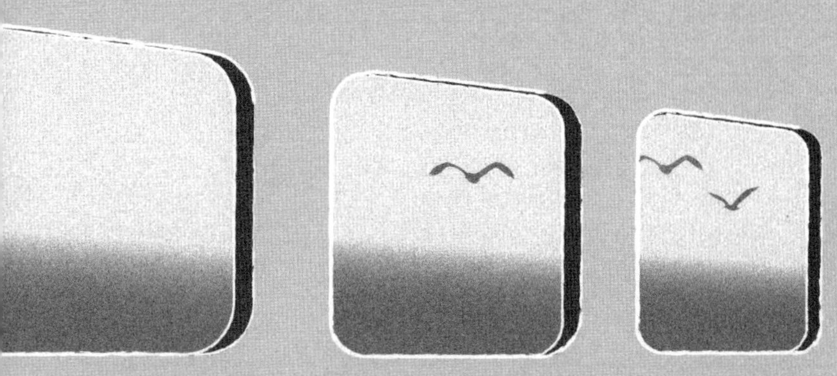

雜篇

我為何突然當上文學老師？

——兼致八位文學科開山老祖

學生告訴我，她想收到的是《挪威的森林》。我先是一怔，接着把手上名單遞給他們看，「真的嗎？」狹小的課室裏全被驚喜填滿，戴不戴口罩都有點喘不過氣來。呼。前一天我還跟女友説，為文學班學生挑選聖誕禮物極難，我曾不止一次聽聞，有前輩收到恩師贈書而失望，也有沒揭過半頁的、量身挑選的大部頭作品，不知怎的又被投進禮物盒內給重新抽獎，所有人和物都在輪迴之中無奈翻滾。

説到底我只教了兩個多月文學，陪伴他們依從時間線走，我們一行九人都大感枯燥。畢竟那被統稱為「文學」的宇宙太大，我們鍾愛的、擅長的，都好像只佔一小片領地。當然小國寡民也有自己的快樂，我借故讓他們細讀可洛的〈失去聯絡〉，讓他們感受〈蒹葭〉以外另一種尋覓和失落；以鍾偉民的〈乘車〉彌補屈原走向結局的後來，還有教育界避而不談或若無其事的死亡象徵；一邊讀着麥樹堅的〈橙〉，一邊掰開橙皮、撕走果衣、吃下果肉，從歡笑裏感受具象的文字味道。預科時選修文學，老師也要我們體味生活，有了內功，才可創作。「作家首先要係人，所以你哋要先識得點樣做一個人。」佝僂的文學老師說，在最後一屆文學班裏。

於是我從接下開科任務起，構思大量寫作遊戲，又帶他們參與文學散步、大小講座及創作坊，他們驚覺其他文友待我如此客氣，顯得有點不自然。我笑說我在校內只是微小教學者，每天飽受教員室嘈雜的嬉笑和是非，還有被同事肆意批改、卻只動文句的試卷修訂，在那裏我根本不是寫手，我是自己所寫的詩：沉悶、內斂、忍耐卻又隱含着不甘心，諸如我們所讀的不同時代的作品，以及作者背景。

我就是當年文學老師説的「人」。我們唯有這樣，才學懂觀察、感受，然後恰當地抒發出來。

文學創作課首次練習，我選了當年我應考那一道題：「寂靜中的聲音」。我依稀記得，當年我寫的是一個已然逝去的男子，躺於停屍間，動彈不得，靈魂一小片一小片剝離肉身，只剩下聽覺。他一直苦等，懇求女兒能趕及，讓他帶着她的片字隻語走向極樂。我不記得男子的結局了，我説，文學科就是如此寬廣，我們可以比中文科寫得自由，甚麼都可以，篇幅多長也可以，我只希望我們的結局不是那條屍首，呆坐這裏，單純接收，不發一語。

所以每次寫作以後，我們會圍圈誦讀，互相評點，恰如當年大學詩會。我嘗試把自己縮得很小很小，給他們基本討論方向，就盡量不置喜惡，讓他們選出「我最喜愛」作品。經過不同文學圈子，我總覺得賞析經典固然重要，但了解同輩寫作觀和手法，同樣不可或缺。終究有些作品太遙遠了，我們走上山，享受結伴聊天更好。呂永佳師兄常說：「寫詩的人比讀詩的人多」，情況就像網課期間，某班繳交家課人數比教學影片觀看次數多幾倍，整體分數可想而知。

但我絕不是「唯我獨尊」的教學者，應該說，盡量不容自己成為課室霸王——只可有一種文學觀，又或是單一模式寫作。學生絕對有值得學習之處，我說的是學生本身，他們藝術方面可以比我優秀，比我更有耐心，又或是心思細密得令人「細思極恐」，這些全都是獨有超能力。我盡可能不以「教」的形式指導寫作，而是替他們把原有能力「尋找」出來，去掉雜訊，如剝橙。所以，為他們選聖誕讀物才成了我開科以後的最大磨難。

每次跟同行說現在兼教文學，他們都投以羡慕目光，繼而問我如何說服校長、問我怎樣宣傳和收生。文學科，好像是一則駭人聽聞的都市傳說，早晚便給職業導向或生涯規劃等裂口女、雨夜屠夫肢解、吞吃掉。我卻是一個微不足道的傳教士，團體戰裏的吟遊詩人，宣揚比宗教更抽象的概念，沒有任何攻擊力，而信徒的犧牲更大，尤其我手上那八位。我常跟他們說，我是當年末代文學生，被洪流迫使我懷才不遇，最後長成了現在的模樣，努力扮演文學在我生命中極為重要，月尾領取薪酬。而你們卻是開山老祖，勇敢地駛向深不見底的黑洞，糊裏糊塗地相信了我，更相信了文學帶給你們似有還無的精神和價值，不為甚麼，有時我覺得你們比我更信守文學。

「所以你的目標是甚麼？」落實開科後，即將移民的同事問我。

我沒有目標，至少在刻板的分數欄上沒有。我只記得多年前大學文學獎頒獎禮上，遇到現在已沒再聯絡的老師。她跟我說，下次見面我不要再看見你捧着獎座，洋洋得意，而是坐到上面去，看着你的學生握手、領獎、發表感言，你微笑點頭，搖頭說不用謝，像我今天所作的一切。

（寫於文學科考試前一星期）

十個來自文學老師的忠告

「請你告訴我，我現在該往哪方向走？」
柴郡貓回答：「那得看你想去哪呀！」

——《愛麗絲夢遊仙境》

一、拒絕沐猴而冠

「因為你不似一個文學人。」電話另一端回答說，他的回應令我反思我到底提問了甚麼。這是一個關於香港文化的訪問，林林總總的手工藝、歷史、藝術之中，對方為着「文學」一環找上了我，我有點不解。他續說自己不太喜歡那些穿戴文青、手持咖啡、拍下自己在讀或不會讀的厚書的「文學人」：「他們好像量產一般，不止造型，談吐也一樣，就連他們的答案都一樣。」（當然還有其他考量，例如年齡、筆法、職業）

《莊子．外篇．田子方》有一節講述魯哀公向莊子炫耀國內儒士眾多，到處都是身穿端莊儒服的人。莊子笑着請他立一規條：凡穿儒服但不懂學問者，一律處死。五天過後，全國只餘下一人堅持衣裝，魯哀公立即召見他，並詢問他治國之道，儒士一一回應。莊子於是便說魯國真正儒士不多，僅一人而已。是的，猴子，我說的是「內涵」，它是由兩個字組成的，披一件像樣衣服，甚至出口成文、引經據典，並不代表你擁有它。像張家輝拍攝《激戰》練成「大隻佬」時所言：「我不想穿上戲服便開工，脫下便放工。」

二、瘋狂閱讀

大學畢業後，太興，我吃着雙拼飯，對面坐着我的老師，拿着我的作品。她的雙手懸在半空：這邊是廿五歲前，而那邊是廿五歲後。這邊的你可以盡量多讀，但接着你來到那邊，逐漸感到時間有限，就要精讀，只讀一些令你有長進的書。我部分同意，與那邊早已有點距離的現在的我說。閱讀就是扭蛋和盲盒，我是不止一次被封面或書名騙到，硬着頭皮讀下去。確實有點浪費時間，但至少我們真的用上一點時間完成「閱讀」這個模式。我們不會百分百喜歡一本作品吧？或許只是喜歡百分之八十、為一個情節亢奮、鍾愛某位角色，甚至只被片字隻語觸動，但花上幾天尋獲一兩個讓餘生不停回想的句子或片段，不好嗎？

閱讀有時像詩，也要有適度「唞氣位」，讀了一本壓在心頭的巨著，然後又拿上另一本厚實的深度作品，很快我們就會討厭精讀，繼而討厭閱讀，難以舉起書的重量，雷神之鎚般，書之於我們不再適合。按老師理解，閱讀是有青春期的，發育時期即管多讀，但長大便要學會節制和吸收，成長後所有事情亦如是。只是我是《小丸子》裏的山根同學，消化不良，終此一生也被躁動腸胃折磨，反而少吃多餐，好像更能享受進食樂趣，所以對不起了，老師，雙拼飯好吃。

三、不限閱讀

進入《齊天樂・秋思》和《雙調・夜行船・秋思》前，我耗上了三堂請學生剖析〈煙花易冷〉和〈東風破〉，對，周杰倫作品。他們自行搜集資料，分組拼湊內裏的意象和典故，接着是氛圍，以及哪些字、哪句唱法更讓人動容。他們各為自己的歌曲抗辯，有人甚至唱了出來，用以表明「煙花易冷／人事易分」的哀怨，連動後來「雨紛紛」一句由悲轉向更悲的激昂。

我們的腦袋不期然跟着唱腔在空氣中畫了一個剔號。最後是麥浚龍的〈櫻吹雪〉，聽後每人找一個主題延伸，並向其他人匯報。有人研究內裏歷史文化、有人想談談佛學、還有雪的意象、此曲在整張專輯的定位等，我想像自己是大學教授，看着指導學生報告他們的論文主題，偶爾給予意見，更多時候不置可否。

曾有初中學生問文學組同學，文學課平常是做甚麼。他們都支吾以對，回答說老師從不教書，總在談音樂、電影、歷史、動漫、玩具、兒時趣事，以及播放搞笑片段。如果文學着重於賞析和創作，單純以文字作為媒介，好像已經踏進文學的誤點或陷阱。我們需要的是盤旋，不是駐足。我在「十八區巡迴詩會」，瞇着眼緊盯池荒懸，他正以器械逼使鯨魚玩具旋轉，從中製造出錯落有致的音節，再加上他預早錄製的重疊的誦讀聲，我瞬間感悟詩中鯨魚的徬徨和煩躁。比文字更深邃，當刻的共感也無從以文字表達。

四、厚古不薄今

宿儺與五條悟的大戰，是我讀《咒術迴戰》最期待的戲碼——史上最強術師決戰當代最強術師。五條悟中招的瞬間，宿儺趾高氣揚地說：「你只是存在於沒有我的時代。」這種矮化現世的想法之於中文老師，好像甚為常見。我在打字的當刻，身後幾位中文科同工忙於為下學年學子選課外閱讀。選擇鍵上的名字我並不陌生，但冒汗的超人變成了沒有選擇權的我，數十年過去了，名字的海裏還漂浮着我小時候被迫研讀同時痛恨的作家。

「李白、杜甫在自己時代不是當代人嗎？」我在文學課喊道，默然，接着有學生開始「噢」了一聲，緊接是一連串的「噢」。起初我只是嘗試解釋唐代「近體詩」為何是「近代」，或許鬱結太久，開始說到我們既要讀經典，更要了解現代，因為文學是不停進化和變態的。不讀今人作品，是沒法摸清整個文學史的進程、文學批評的演變，叫作者死去才目擊文學肯定。綜觀中國文學科範文作者，在生的就只有鄭愁予一人（此書編輯期間，鄭愁予亦告仙遊），中文科更無人生還，我們還豈能跟學生說活着多好？

五、忘記和記

媽洋洋得意地說，她能把小時候讀過的篇章倒背如流：〈將進酒〉、〈望嶽〉、〈庖丁解牛〉、〈醉翁亭記〉、〈前赤壁賦〉、〈燕詩〉，還有最讓我生疑的〈岳飛之少年時代〉。中一的我就想，〈岳飛之少年時代〉主旨到底是甚麼？它的敍事宛如床邊故事，先說岳飛出生奇遇、大難不死、發奮讀書、力大無窮、戰勝周同卻又拜師學藝，最令我不解是周同死後他總在其墳前痛哭，父親知道後，反而問他是否願意以身殉國……是的，兒子，我說到哪裏？你睡了就好，明天繼續。我是在教了三四年後，才想到這種奇人奇事，可能是比照他「晚年時代」的無奈與悲情——一個忠義、勤奮、孝順的年輕人，千算萬算也猜不到自己被鍾愛國家出賣，死在遠離戰場的國境內。

我想媽沒有去想背後深意。她只抑揚頓挫地背誦：「飛引弓一發，破其筈；再發，又中。同大驚，以所愛良弓贈之……」一個看不見的電視卡拉OK系統，我們順着字體變色，確定記憶無誤。但這些名句殘留腦海之中，也不定然是壞事。我是不止一次聽過某些不諳文學之士，困境之中被片字隻語的詩詞歌賦救起，有時候文學就是信仰，被刻板老師強迫背默的一點甚麼，最後串連成一條幼細蜘蛛之絲，我們因而逃出煉獄。所以文學不必牢記，明白，了解，讓它適時回來便好。容我背一句新詩形容：「你記得也好，最好你忘掉」。

六、和同行者同行

文學科與其他學科最不同的地方，是我們有創作卷。報讀文學的學生比我幸福，因為他們的作品必定有讀者，也必定有回應，不像人生的其他瑣事。過去一年，我把兩級文學班的作文輯錄一起，以 PDF 形式製成月刊，請學生回家閱讀，有時間便回來辦討論大會，輪流發言，說一下自己的喜惡。沒有評分標準、可以放肆地說。這過程比寫作更花時間，但同時更具意義。

太遙遠了，有些名家或經典。大學時期，新詩班一位極具潛質的同學放棄寫作：「好像永遠都超越不了希尼或鍾國強。」是的，到現在我也是這麼力不從心，我當然感到惋惜，但明白被秒殺的無奈。讀同輩的作品則不然，水平相差不遠是其一，即使有一點距離，也能反思同齡者的異同。以前在詩會，我們會在讀詩前，邀請一位詩友分享自己的興趣，諸如油畫、飛行器、數學，術業有專攻，同輩的重要來自一同研習、一同追趕前方，動畫片頭曲般，一眾熱血少年向光芒奔去。

七、不要為文學找位置

記得登牛奶海前一夜，誰問起了文學於我們生命中的位置。多麼熱血啊，「那時我們有夢，關於文學，關於愛情，關於穿越世界的旅行」，現在連碰杯的時間都沒有了，電話另一端還傳來孩童的哭啼聲。我好像回應説很重要，但或許不在首五位。當下有人錯愕，有人贊同，幾年過去了，我想我的回答依舊。

我從沒有浪漫地為任何關係排名，但説到文學在我生命中的位置，我只可將一天的進程放大然後查找足跡。我會在工作和工作之間翻兩頁書作休息，會當文學獎評審，主持講座，定期投稿，喜歡把感受記下，還有看電影聽音樂，會在閒談時以文學冷知識和讀過的一小節文字作論據，會流淚，以及將經歷的一切比對看過的小説情節，又或是某首詩的感受。每年第一課文學課，我都跟學生説：「我不是教文學，你們也不是讀文學，因為我們就是文學，我們翻每一頁書、寫每一句，我們的喜惡和取態，都在改變文學。」不要強行為文學搬椅子，我們站着便好，方便行走。

八、擁抱演化

二伯贈予我一本有關AI的書，是韓國金相均教授的作品，書腰寫道：「理解變化的唯一方法，就是投入其中，跟着它前進，與之共舞。」我很快就讀完，比任何鍾愛的文學作品都快，我就是自己的智能和未來。我想再討厭智能的老頭子，也不會否定它的方便及效率。我在教學第二年已沒有跟學生深究平仄和正音，這些好像不從我身上學習更為切合。

這幾年一直有人探討甚麼不被取代，又或是創作能否給完全取代。我認為這些討論沒有太大意義，要取代我們的不會是AI，而是懂得如何運用AI且立心取代我們的人。我不太擔心有一個AI曾詠聰寫新詩或散文，或許應該說我樂見其成：有人竟願意用上我的名義來沽名釣譽，不是更好嗎？我說的已不是我要如何進步防止被取代，而是科技把我演化出來，而我要繼續創作讓它有空間演化，這種智能叛變和唇亡齒寒非常有趣。

可是我們會否因依賴這種AI，以致我們變得愚笨呢？我想基礎功力也不可缺乏。某天早上家長日，有舊同學剛好跟我說後悔小時候沒有讀好英文，如今總是先用中文打電郵，經ChatGPT翻譯後傳送，收到對方回覆再從ChatGPT翻譯回來，多費時。我笑着回應說對方會否都是如此，你們就在用不擅長的語言往來，活着受罪但是又離不開。接着我把我們的對話擷圖，列印，貼在桌上。那天我是教務組代表，每個來見我的都是懶惰又聰明的學生，他們說到科技讓他們不必用功時，我便指一指桌上，比AI更快回應。

九、不喜歡就不要拍掌和讚賞

學生很氣憤，跟我說不喜歡中文老師，因為她把中文科創作的缺點放大，肆意讚美，如數家珍般教授如何處處扣題、撰寫大綱、運用成語和修辭，最後給予一個完整的立意，以醜為美。我沒有拆開來說其實〈死水〉也自由不到哪裏去，但我是同意的，尤其教學初年，我都走進了這個窘境，違心地說中文科創作的好處。

公開試卷二的考題越來越長，「題眼」越來越閃爍，原因不言而喻——方便考官不是方便考生。只要字眼不常出現，考生便有離題之虞；成語、修辭不明顯，文筆分數可想而知。創作確實難以定斷，然而在有限時間內需要批改數以萬計的作文，而且尺度要相同，就只可用如斯片面的做法。我們也是必須要體諒的。若每年十數萬考卷，變得像只得三千考生的文學科創作，題目給予的空間太大，風險也自然大。某年文學創作卷考題「他們在旅途相遇」，考評報告寫道：「把『他們』表現為人物外的生物、物件、自然現象等，只要清晰交代，合於情理，亦可接受。」老實說，我在批改了大量外星人、跨物種愛戀、《反斗奇兵》變奏版後，我都想回到中文科教授「微笑以對」。

然而我記得以前老師為我們印製文章，現在我從中抽走我不喜歡的，再放入我沉醉的一些作品，千百年後我不認識的學生的後代也在做相同的事，若昧着良心只貪一時方便謊稱喜歡，文學便不會變得更好。當然真心喜歡這樣創作，另當別論。

十、别相信任何人

不要相信任何人，其中包括老師，包括我。這是尼采在《權力意志》說的話，相信我。嘻。

不是每道創傷都需要關門

「或許這部電影就是給女主角那個年齡層看的。」女友在我投訴電影末段交代得太直白時這樣回應。上一次當頭棒喝，是我埋頭手機遊戲時，另一邊玩家起初囂張跋扈，最後卻被我打得體無完膚，女友說：「如果對方是個小學生呢？上一場剛敗給他人才武裝起來。」是的，我們從沒有學習過如何直視創傷，甚至沒有學過如何教導下一代「經歷」傷痛，從小到大，任何挫折或意外，成年人都只着我們忍耐，接着說我們將來便會習慣，心碎是軟弱，掩蓋反是強大，若無其事才是唯一出口。

《鈴芽之旅》把一些虛詞具象化：創傷是「蚯蚓」，隨時爬出來吞噬人們；蓋不住的是「後門」，無人察覺時突然打開，闖進日常繁華的假象；勉強封印集體傷患的是「要石」，一黑一白的貓形神明，然而卻在保護別人的同時，渴望有人接手，也同樣渴望被人疼愛。還有地震是地震，廢墟是廢墟，不同時空下飾演着兇手和兇案現場，傷口不住擴大，關上了一個，另一個地區又萌生，永不止息。

「三一一」地震後十二年的今天，鈴芽已成十七歲少女，在全國假裝無事的生活下，創傷，成為不宣於口的禁忌，整齣電影沒有一個角色談論過災難，但每個人的路向都給扭曲，每個城鎮深處，總豎立無數顯而易見的廢墟，旅程中隨手一指，都能點明曾經生活的痕跡，而這些回憶成為了關門的力量，努力憶起來，就能暫時止住洶湧的憂傷。關門，上鎖。

門、回憶的力量、遺址倖存者。少年時讀過的《鋼之鍊金術師》中，愛德華之父賀恩漢目睹鍾愛之城問接因為自己的緣故，一夜消失，自己卻不慎吸收了半座城池的亡靈，成了活體賢者之石。某次戰鬥中，賀恩漢直言自己日夜與半座城池的國民靈魂溝通：賣麵包的、送子女上學的、剛睡醒的，靈魂願意留下來變成他的力量，好讓他不用合掌或繪畫鍊成陣，直接使用鍊金術去改變現實。這樣的情節太正面了，不是每一道傷口都能贈予力量，更多時候只是痛，在我們笑起來時，撕裂些許，提醒我們不應快樂，有些人有些事仍停留在某個時間點，走不出來，當下粉飾過的現實瞬間便給拖沉下去。

來回多間學校演講，其中一則永垂不朽的笑話，是談學生寫作取材。不論公開試或文學獎，父母死亡率仍然高企，學生只要想不到如何感動他人，未能連繫到「珍惜眼前人」的立意，媽媽就立即被犧牲，不論如何發展，末段便施展人體鍊成，只餘下雪櫃一碗待翻熱的湯。最近收回一篇作文，內容是談及母親彌留當天，另一位親人趕赴見最後一面時碰上交通意外，同日離世。本以為這是習以為常的創傷文學，細問之下，才知道真有其事。我是不稱職的關門師，無能為力，只能看着學生笑着說已然過去，不痛不癢，請談一下文章運用的修辭及結構。

這就是我們的關門方法：強行合上，鎖緊，獨處亦然。然而這種「蚯蚓」會赫然襲來，無聲無息，縱然忘記也影響了日常生活，甚或價值觀。演講其中一題「Q & A」，往往是為甚麼當上教師。這道問題我回答了無數次，有時笑話自己形同香港小姐，陪朋友報考卻自己中榜；有時就深入一點，告訴同學入行是輕易的，留下來才見困難。不論哪一答法，我想都令身為關門師的男主角草太不悅，尤其他是多麼想成為老師，用生命教導後來者如何關上心理之門。但回到剛才的問題，我總會浮起中三數學老師的臉，那年我無心向學，恰如《死神 BLEACH》的主角，只願在午膳及放學讓靈魂回到肉身，不被理解。大概老師也沒有經驗，全年就只針對我一個，殺雞儆猴。

我當然不太介懷，反正早就習慣了不公和難堪。直到這位老師離開，當上傳道人，我才知道不少同學都討厭那老師，甚至乖巧女生指，對方故意刁難，她因而未能如願當上領袖生。這樣，我們就得到了一個集體的失救見證。

是嗎？原來這些不以為然的種種，已構成了我接下來的每一步。我不是追究那老師好壞，作為同行，我當然不會，我明白少年人有太多誤會、仇視，又或是所謂教學法、課堂管理有多荒唐，我想說的是，沒有被整理好的難受，日夜都跟我們溝通，幸好我長成賀恩漢，自動鍊成聆聽的法門。當然我們無法類比天災人禍帶來的傷痛，那是大型的心理創傷，需要小心翼翼地與它並存，強行處理可能引來更可怕後果。與其成為關門師，強行關掉所有會痛的門，我們為甚麼就不能設一課聆聽學，專心傾聽別人說痛？不要強加安慰和說教，圍圈，一起在廢墟交換彼此的心碎，千萬不要笑着離開，也不要重點忽視那些災難遺跡。這樣我們就不用依賴任何動漫，間接學懂

直視共同的創傷。關門聲太刺耳，改為自動門，附上歡迎光臨音效，不會
更貼近我們密集又倉促的生命嗎？

非智能統計學

上世紀七十年代，一名美國優才生失蹤，其父母急忙聘請私家偵探調查。人是找到了，卻傳出一道無關痛癢的資訊——該生沉迷《龍與地下城》。那款桌遊頓時成了魔鬼玩物，遊戲裏的各種符碼被爭相扭曲及定罪。翌年該生自殺，基本上已宣判那些惡龍、骷髏、邪教教主不是意象或虛構，反是會隨時從桌下爬出來，勾去年輕魂魄的魔物。一場電視辯論中，有人掏出數據，指過去自殺的青年中，就有二十多名曾經玩過《龍與地下城》。全場嘩然，有人搖頭有人聲討。

玩具商代表非常冷靜，補充全球共三十多萬人鍾愛這款遊戲，扣除二十多名不幸少年，足以證明《龍與地下城》成功保護了另外數十萬玩家。全場再次嘩然。

父輩話當年，總會談及在學時期於抽屜下讀武俠小説。數十年後，《射鵰英雄傳》納入中文科導讀篇章，我卻偷偷揭開漫畫，追尋熱血冒險。現在學生連漫畫畫格的閱讀方向也弄不清，有罪假設便掛在智能電話之上，抹去一切吸收資訊或學習的可能，單純認定「解鎖」就是要樂，「掃螢幕」便是玩遊戲。

「請你打開手機內收音機功能。」十年前在讀預科的我，如斯回答親戚指控年輕人沉迷手機。我不記得對方的説辭，只記得他們窘急的模樣——那是追趕不到甚麼，氣喘吁吁、面紅耳赤的模樣。

我無意為智能電話爭辯，尤其智能電話本身也統計使用時數：上週平均每天使用7小時16分，比更上一週使用率下降8%，而今天暫時用了2小時8分，大多用於溝通及看資訊。若按普世標準，好像已帶點病態或不受控，然而世上沒有任何全知視角的統計，計算我比十數年前節省了多少時間拿報紙、致電、記錄，甚至按下電腦開關鍵。

今天我已分不清自己抑或電話失蹤更要命，誠如我不知道這文章你會在螢幕還是紙本上讀到。我先坦承，這一顆字，我是用手機鍵入的。嘻。

隱隱痛

醫生時常要病人形容痛感，若描述含糊不清，更會要求病人以程度區分，十分為滿分。這方法非常務實，讓抽象、難以比擬的主觀感受，鑲嵌在一把有刻度的量度尺上：十分要即時處理，七分就持觀望態度，兩分嗎？你就多等一會，外面還有一群六分的叫苦連天。還有就是責任問題，痛的程度由病人打分，醫生大可以安坐電腦椅，把頭枕在雙手上，指自己只是對症下藥，原來你能這麼忍受痛楚？我真是佩服！

但一分的痛感，是否就不用即時處理，讓時間靜靜治理就好？若痛感一直蟄伏體內深處，偶爾爬出來刺一下，開懷大笑時又刺一下，提醒宿主，你是不應過於快樂。

去年送別一群畢業班同學，他們全修讀商科，語文一環尤其羸弱，我拉牛上樹，才勉強讓他們完成一篇符合字數要求的作文。然而曾收到學生T一篇作文，真人真事，讓我動容，每每想起也隱隱作痛。題目是二〇二三年文憑試題目「一次令我百感交集的聚餐」。

內容憶述中四最後一天上課天，某同學宣佈往海外升學，而身為班主任的我，允許他們到我新居天台燒烤，作為歡送。那天我們相約坑口，同學逐一現身在地鐵站，全員到齊後，我才道出其中一位同學需要居家隔離，T心裏已覺遺憾。買好食材到埗，我請他們先到室內休息，T自告奮勇，率先到天台張羅，安頓好再請我們上去。學生來來去去，開門關門。我們聊天、玩桌遊，沒有人發現T正默默烤肉，放在一邊讓我們隨時享用。文章裏有一枝節，是他某次抬頭，竟發現天台剩下自己，所有人都不知所終。

活動後我送他們到巴士站，着學生回去後在群組報平安。學生魚貫上車，T坐在最後一排，看着同學一個接一個離座，直至將要退學那位也站起，彼此交換一句「下次見」，便下了車。餘下就只有自己。T回到家沒有在群組回覆，而是私訊班主任報到。我這才發現他的心意——希望聚會永不結束。

無數微小的痛充斥文章，沒有直接抒情，因為快樂下卑微的痛，已佈滿全身，隱隱作痛。畢業那天，學生說起未來，T說：「我想往後再沒有這三年過得如此快樂。」又一次無聲的鼻酸。只是那時他不知道，留學他方的同學總在假期回來，而我千叮萬囑T要在公開試重寫這題材，他突然亂寫一通，最後中文不合格收場，才讓為師感受到十級痛楚。

內向而懦弱的救世主

——《新世紀福音戰士》碇真嗣的辯護

我成長於九十年代——一個機械人動畫的黃金時代，除了早已立足的高達及萬能俠，還有長髮飄逸的《勇者王》、灑脫不羈的《超時空要塞》、靜候機會的《魔神英雄傳》，多不勝數。令人印象深刻的，莫過於整座校舍化身基地，全班同學操控巨人抗敵的《熱血最強》。那時與主角群同齡的我，總幻想課堂期間鈴聲大作，課室應聲下沉，扣連駕駛室，機械人便從操場洞口出動，鄰班同學只得揮手，送別被選中的少年英雄，然後繼續上課，繼續發呆。然而另一個電視台的夜深，卻播放着一齣另類的《新世紀福音戰士》，畫風迥異，角色軟弱，機械人有血有肉，常以空鏡和靜音交代劇情。當時我們不知道，這部為人嗤之以鼻的機械人動畫，竟構成了一段新世紀福音。

小時候看機械人動畫，單純是看戰士互毆，合體又分離，越過重重難關，機件脱落，最後以必殺技消滅敵人。那些男主角滿有衝勁，公認天選之人，是主角機不二之選。九十年代中暢銷遊戲《超級機械人大戰》，主角們具備的精神指令，不外乎「熱血」、「鬥志」、「鐵壁」、「信賴」。男主角正面、挾着希望，是當時熱血動漫公式。可是《新世紀福音戰士》的碇真嗣，不論漫畫、動畫、劇場版，甫登場便着力逃走，在碩大使徒進侵下，顯得渺小又無能，東躲西藏，還要女角捨身相救。他不似阿寶或基拉，輕易接管戰鬥，與機體合二為一。綜觀整個故事，他的勝率奇低，要不是初號機定期「暴走」，他絕對捱不過半集。後來揭曉NERV執意命定碇真嗣的原因，不過是他父親身任司令，甚至道出父親也不認可其能力，只是初號機靈魂取自碇真嗣母親，在母愛和同步率的考量下，碇真嗣才給看成主角。一個從未被期待的救世主，往後十數集一直徘徊於留下或放棄的懦弱之中，每次都矛盾一整集才勉強開戰兩分鐘，之於小孩時期的我，沒有暴走砸破電視，已屬萬幸。

碇真嗣長久被讀者討厭，源自他內向、沉靜、優柔寡斷，逃避所有人際關係及善良，不寄望未來。這種類近日本「私小說」的人物刻劃，以封閉自我觀看世界，在接二連三的事件中展露消極想法，其實更傾向現實。現在回想，碇真嗣自幼失卻母愛、父親長期缺席，剛築起獨立及堅強，又被召去對抗未知生物，重新接受「被需要」和家庭觀念。後來經歷同學離世、曖昧對象疑為母親複製人、多次在駕駛艙呼天搶地喊着「不要逃」，最後揭露父親可怕邪念，一名十四歲少年如斯「成長」，不論花上多少筆墨遞增他的軟弱，好像也覺倉促和荒誕。難怪他回顧往事，只能嘆息道：「我到目前為止都只是假裝活着。」日本《產經新聞》曾刊登一名十三歲女生的詩作，以此為本文作結，或許大家更能體諒不稱職的救世主：

〈逃〉

會因為逃跑被罵的
大概只有人類了
其他的生物都順應本能
不逃跑就不能生存
為甚麼人類會
「不可以逃」
摸索出這樣的答案呢

回想所有動漫和電影，主角都是突然變成超級英雄，時勢使然地勉強拯救世界。就只得超人完全相反，平常用心飾演一名凡人。難怪遇到危難時，他最勇敢，無畏無懼，因為軟弱才是他日常的面具。

說個笑話紀念我

——《致命玩笑》的悲劇人物與其抉擇

德國哲學家叔本華深化了哲賢阿里士多德的理論，把決定人類命運的三大議題定為「人是甚麼」、「人有甚麼」以及「你在他人眼中是甚麼」，叔本華直接帶出悲劇的成因是我們對自己以及所擁有的失去快樂，同時介意別人如何看待自己。這三把尺放於短短四十六頁的《致命玩笑》之中極為恰當。故事以蝙蝠俠經典宿敵小丑作主角，彩色及黑白兩種風格，劃分現在和過去兩個時空：小丑曾擁有美滿家庭，也有逗人發笑的演員夢想。奈何生活逼人，苦無對策下他鋌而走險，計劃搶劫撲克牌公司。與同謀商量期間，他突然收到噩耗：其妻為小孩加熱牛奶時死於觸電。心灰意冷的他仍被遊說如期犯案，期間被蝙蝠俠誤認是另一敵人「紅頭罩」，慌不擇路掉進化工池中，才變成後來綠髮白皮膚的癲喪模樣。小丑及後多次談及：「即使心理再健康，只要有一天的運氣爛到底，都會變成瘋子」，他活捉戈登，以殘酷手段要將這位正義凜然的警察局長迫至崩潰，以此印證悲劇和幸福只一線之差，而勉強區分正常人和瘋子，亦是一則「致命笑話」。

剎那間彩頁和黑白好像重疊了，小丑和局長都失卻摯愛家人，他們在擁有當中喪失自我，把丈夫或父親的角色當成唯一身份——失去親人，就永遠淹沒自我。誠如叔本華說：「每個人都被禁錮在自己的意識局限之中，無法跳脫出來，超越不了自己，外援對他的幫助也不大。」戈登囚禁於瘋狂過山車，思想也在斷線邊緣，漫畫沒有安排蝙蝠俠及時營救，戈登必須獨個兒承受隨時失去理智的可能。小丑毒打戈登時，便巧妙運用譬喻形容他的處境：「很多放在圖書館的書都這樣，擔心自己像精美的畫冊那樣，擺在架上永遠沒人看……唉，這部作品現在大概不能翻閱了，必須先維修一下。而且修好了以後，大概也不大適合借出館外。真可惜啊，平裝書就是這麼容易壞。」

漫畫圍繞瘋狂和悲劇，小丑連番強調「痛苦」時好應該「放下」。撇開戈登徘徊理性與瘋狂的人為契機，小丑認定自己是在「爛到底的一天」被逼瘋，人為或自然，同樣難以接受。然而漫畫暗寫戈登和小丑、主動和被動的悲劇之間，還有一道影子——蝙蝠俠。儘管漫畫沒有提及，但我們都對蝙蝠俠起源倒背如流：曾是巨富之子的布魯斯，因對歌劇不感興趣而拉着父母離開劇院，致令父母雙雙被劫殺，蝴蝶效應下城市也沉淪了。經過多年迷失，布魯斯才認清自己，決意為葛咸城帶來另類希望，從中得到些微滿足。面具底下的，是反覆衡量叔本華的三個論點：自我肯定、檢視擁有，還有不被人問津，卻又寄望於眾人眼中的象徵正義。難怪漫畫中蝙蝠俠多次問道：「我們明明這麼恨對方，為甚麼到現在還是一點都不了解彼此？」答案或許是之於悲劇的兩種取態。

故事尾聲當然由蝙蝠俠收拾殘局，安頓好清醒的戈登後，蝙蝠俠把小丑攫住，小丑隨即送上最後笑話：兩名瘋人院逃犯走到屋頂，一人輕易跳到對岸，另一人則裹足不前。第一名逃犯跟對方說會用手電筒為他照一道橋，他爬過來即可。此時對方「異常聰明」，拒絕道：「我走到一半，你就會把手電筒關掉了啊！」整套漫畫就在蝙蝠俠和小丑的笑聲中圓滿結束。不少人認為，跳過去而得到自由的逃犯是蝙蝠俠，而「拒絕治療」的是小丑本人，這才符合二人個性。然而多次翻看後，我大膽認為小丑影射蝙蝠俠不願接受現實，自以為堅守正義，卻不知道「放下」的彌足珍貴。接受悲劇，才是真正找回自我的第一步：忘記人是甚麼、忘記擁有甚麼，還有毫不在乎他人的眼光。

所以當我與另一半談及《伊底帕斯王》的謎語：「甚麼動物早上用四條腿走路，中午用兩條腿，晚上用三條腿呢？」對方爽快回答「人」，更補充是在《兒童快報》讀到，並不知甚麼古希臘悲劇名作時，我就如同小丑放聲大笑，實實在在地為悲劇感到可笑。

不受控的漫畫變體

——讀漫畫教科書《一個故事的99種說法》

隨着粉絲及主演相繼離開，由漫畫轉戰影視的漫威電影宇宙（Marvel Cinematic Universe）計劃結束「多元宇宙」。雖然可惜，但角色變體帶來的驚喜及陌生感，確實彌補不了主故事碎片化、觀眾失卻耐性的核心問題。一部文學經典《風格練習》，同樣執意塑造「多元宇宙」，把一個簡單日常片段，以文字重組成近百種說法，讓人物和情節變得豐富，從而探討敘事觀點和價值重塑的可能。不論實驗如何，這部作品在我們這個時空，改變了一個漫畫導師的創作觀，繪畫了致敬神作《一個故事的99種說法》。

故事「模板」源自男人深宵離開工作枱面和電腦，踱到飯廳。此時樓上工作室的妻子問起時間，男人看看手錶後回答：「一時十五分」，便忽視對方道謝，逕自打開雪櫃。然而這段小插曲，讓他忘記離座目的，向着滿載食物的雪櫃問：「我到底要找甚麼啊？」故事結束。緊接幾頁都刻劃同一時空下的不同視點，除了男人現身說法的「獨白」外，還有代入男人所見的「主觀視角」、妻子的「樓上視角」，甚至一片漆黑，最後才顯現男人苦惱的臉的「冰箱視角」。可是，接下來的變體就更富想像，包括「偷窺視角」、只得聲音的「音效」、從結局說起的「倒敘」，以及此事的數十年後，男人坐在酒吧，與陌生人訴說這件塵封的「回憶閃現」。無獨有偶，有時呆坐家中一隅，我都會幻想自己是昆蟲和微塵，體味屋內發生的日常和意外，片刻成就不同的物我感悟，並會產生一種同中有異的創作陌生感。再讀台灣詩人孫維民的〈三株盆栽和它們的主人〉，便對植物理解人類生活更有共鳴：

他是一種較為低等的生物：
無根。排便。消耗大量的空氣和飲食。
善於偽裝。雌雄異株。
心靈傾向黑暗和孤獨。
每夜，我站在窗台上
收聽他的鼾聲和囈語
觀望七彩的夢，反覆
重播——我也發現了死亡
（節錄）

經歷了數十次雪櫃門的開關，作者開始豐富背景設定，繼而探討男人關乎尋找的命題。「多元宇宙」下，男人是田野考察的外星人、追尋真相的偵探、潛入敵陣的間諜士兵、被女神洗腦的奇幻勇士、擊潰冷凍人的大英雄……每次説起「要找甚麼啊」，男人都帶着同中有異的動機，既符合該頁設定，又帶來嶄新且有趣的哲思，好像每個變體也必須面對相同命運，説着相同的説話。其中一話名為「人生」極具意義：畫面開首是母親抱着嬰孩，接着男人逐漸成長，經歷畢業、離家、求婚、成家，其中滲入有關時間的叩問，最後在病床上向老伴問起：「我到底要找甚麼啊？」這個「多元宇宙」就是你我的寫照，我們都被時間追趕，穿過或長或短的人生，最後一起詢問存在的意義。是的，千百個宇宙瓦解又組成，我們亦離不開共通的感受和思索。我們在追趕，同時又被追趕着；我們以沒有意義的方法，嘗試為人生搜索意義。

這一刻的我在教員室趕稿，身後同事不住嬉笑，鐘聲響起，我便是宇宙戰艦艦長，危坐連連爆炸的駕駛室電腦前，慌忙鍵入，向還有未來的你傳達連串符碼，希望有人解讀出我鍾愛漫畫和文學的理由。

時數不對等的生命學習課

——讀谷口治郎《先養狗，然後……養了貓》

「所謂人類，是一種自討苦吃的生物。」夏目漱石在《我是貓》中以貓的口吻說。此刻我在鍵盤前努力敲打，貓卻躲在手提電腦後，不定時跳出來抓住打字的手，像遊戲。兩類物種共處相同空間，之於寫作、之於要樂，我們都好像無從理解彼此的快樂。難怪美國喜劇演員和作家Garrison Keillor如是說：「貓的存在是為了告訴我們：並不是所有自然界的生物都有道理的。」儘管言語不通，寵物在人類生活中已佔有一席之地，不少人把牠們當成家中要員，甚至心靈慰藉，同悲同喜。而是次介紹的漫畫《先養狗，然後……養了貓》，其作者谷口治郎則以寵物短促又專一的生命，觀照人類相較漫長卻有限、繁複而無奈的人生，嘗試發掘不無道理的動物世界，並繼續自討苦吃。

以《孤獨的美食家》為人所認識的谷口治郎，其作品有別於一貫漫畫起承轉合框架，反而擅長訴說簡單日常，從而使讀者動容，故常被形容為「散文漫畫」。整本漫畫共有五個短篇漫畫及兩篇散文，編輯刻意輯錄相同主題作「紀念版」，可謂形散神不散。首篇〈養狗〉便交代主角愛犬「湯姆」最後一年，其時湯姆已軟弱不堪，生不如死。某次主角的妻子帶湯姆散步，湯姆倚在牆邊喘息，一個老婆婆走過來問：「你啊……到底想活到甚麼時候？早點死掉大家才能解脱。」原以為老婆婆會是故事奸角，怎料她卻開始說起自己晚年沒有任何開心的事，又不想麻煩家人，湯姆「嗚嗚」地叫着，似是回應，但到底為了甚麼？一個月後湯姆便在掙扎中離開，沒有煽情的定睛畫面、沒有多餘的回憶片段，牠就在無法控制的抽搐和失禁中，毫無尊嚴地走完生命。谷口治郎在散文中感嘆人和寵物的愛，就只有一件不幸的事——「人和狗的壽命並不一致」。湯姆拚命生存，可能想多陪伴主人一兩天，在對方的日記中多佔一兩句説話，那就是牠唯一生存哲學。

緊接下來的兩個短篇都是交代波斯貓「破布」。破布是由寵物義工硬塞進主角家，起初主角聽到貓被兩家人棄養，認定牠不能再承受失望，才勉強讓這隻猶如地上抹布的成貓留下。還未從湯姆打擊走出來的主角，看着寵物在家與他若即若離，沒有貓應有的敏捷和自理能力，要重新擔起照顧者的角色，大感無奈。後來更發現破布有孕在身，主人只好大事張羅，並為不稱職的媽媽擔心起來。然而破布當上母親後的一晚，突然精神滿滿，對兒女寸步不離，慈嚴並施。主人打算送走小貓，破布展現出罕見的焦慮和悲傷，為「生」和「離別」定義了一個不含言語及文字的註釋，比人類直接：「寵物們如果不把自己的生命交付給我們，就會活不下去。所以，牠們會原諒我們的任性。然後，靜靜地顯現出那些，我們早已遺忘的純粹。」

是的，動物好像從來都簡單和討喜，牠們的喜惡都顯露，沒有煩惱。好像我在婚禮特意擺放一部扭卡機給來賓，朋友說成年人都為抽到新人照片而高興，相反學生為抽到老師和師母的卡而氣餒，更有人明言：「唉，我想抽到兩隻貓呀！」接着要求重抽。其時我家的兩隻主角呢？正睡得安穩，不問世事。

內篇

我們必須長大，但不要隨便老去

任何會議我總是有一套躲避的動作：先坐近人群，仰頭，假裝溫度或風水問題，笑着坐開。這系列動作必須熟練，一氣呵成，自然得不打擾在場正忙於討論的會眾，即使他們只是閒話家常。記憶中，身為戲劇學會導師的我，只有一次表現不夠利索，原因是突然聽見一句老神在在的「係呀，係呀，佢哋係咁㗎啦」。話題正圍繞學生的劣根性，懶惰、學習動機低、拍拖、精神欠佳……千篇一律的話題，以及千人一面的理由，之於教學將近十年的我，不知聆聽或參與過多少次。然而使我動作不協調的是，那句輕描淡寫的總結或附和，是源自一名初入職同事。這麼快便突然老去，不去挖掘學生背後的理由，草草蓋上書本，打下結語，實在有違天下熱血教師小說電影劇集的劇情。我在坐開的同時，多麼希望她只是為了奉承，融入圈子，而不是瞬間失去興致，對所有合理與否之事都以抽一口煙的態度，隨便說句「係呀，係呀」了事。那不是長大，那不合身的說辭只是假裝大人，就像小時候我把牙膏圈住雙唇，假裝刮鬍子。

二〇二二年，我讀得最多的是自己的名字，聽得更多的，是安慰。熟識的、多年未見的、講座後留下來的、私下傳訊的、訪問過後的、不知來龍去脈的。好些安慰語叫我懷疑，事情是否比想像中嚴重，會否有人更接近事情真相，看見我若無其事，所以好意提醒：你是必須更洩氣、更失望的。二伯跟我說：「這是一次讓你從男孩成長為男人的契機。」第二天他如期到來為我修理家具，我依然是個小孩，在他身邊遞螺絲和飲品，其餘都只能張望，和這一年大部分發生的不幸相像：無力，漫長的等待。事情好像過去了，我沒有任何得着，就似成年那天駕輕就熟地按下「同意」，沒有刻意購買六合彩。長大是累積的過程，一些壓力或變數，不足以要我們一夜白頭，或笑看風雲。

某次講座後，與幾位文友一同離開，說到我們往後的路向，關乎寫作，關乎生活。紅綠燈如常不近人情，沉靜的灣仔裏，有人說起我們正身處文學史的歷程，不努力一點，後世便會讀到我們不喜歡的片段。那麼，要怎樣導引一段滿意的路程？綠燈。有人邊走邊說，我們都需要長大，需要變化。我反覆想着那個畫面，有點害怕，可能就是明瞭必須長大，又想維持現狀的躁動。

我更害怕的，是隨便老去，自己不察覺，自以為成熟或滿有智慧，喜歡教導、指正他人。我遇過太多。他們專愛貶低他人，說三道四，引經據典，用意是提及自己的強項、高明的處理手法，又或是獨到見解。這一年我搬進村屋，很多成年人走來，教我如何擺放家具，怎樣能得到最多空間。這邊放一把太陽傘，那邊應再往前推。他們離去後，V說我們必須喝一杯穩定心神，才討論一下他們是如何在我們的家指導我們如何生活。更有趣的是，這些滿有生活智慧的成年人離開後第三天，我在天台一隅發現一紙碗，藏着未吃完的墨魚丸和芝士腸，這狀況是任何一級的學生來燒烤亦未曾出現。我不要老去，老得如此理所當然。

昨夜又一批舊生到來聖誕聯歡，中午烤肉、玩足球機、玩陀螺、打電動，晚上V回來，我們再煮部隊鍋。經過一整天，顯然大家都累了，無關年齡。V早就見過他們，但要待我進入待機模式，她才可以和他們順暢地交流。起初她並不相信我是舊生們的中一班主任，還替我詢問他們的志願和計劃，我就像看清談節目，等待主持人或來賓接話。驀然發現，我或許都存在着老去的思維，一直想給予意見，介入他人的未來。好險，我無法想像自己是由芝士腸和墨魚丸拼湊而成。我們交換禮物，拍照，為最後一名步入成年的學生慶祝。他們離開以後，V拿着剛抽來的兒童玩具，笑說我們還未存在的女兒的玩具，快要比我的鋼鐵人更多。我苦笑着，很快便收拾乾淨。這時V又對我說：「十八歲，是我第一次遇見你的年紀。他們人生才剛要開始，沒想到我們都沒有代溝。」我不知道這句話的褒貶，嘗試把兒童玩具塞進櫃裏，隨便回應道：「係呀，係呀，佢哋係咁㗎啦。」

水槽生物學

《咒術迴戰》前期故事中，引介了一名輟學的中學生吉野順平，這角色及後會長成某關卡的大魔頭，主角打倒了他，才會反思、蛻變，擺脫熱血少年的典型平面。在順平成形、游走善惡矛盾之際，班主任突然出現在他家門口，以其職權請他回校上課，重新做人。言談間，順平發現班主任不僅對校園欺凌視若無睹，甚至以為那些只是小孩子的玩笑，而不上學就是孩子鬧情緒而已——誠心道歉，學校是會原諒的。他頓時覺悟，急速成長，對着矮胖老師大聲呵責：「教師只不過是從學校畢業，又回到學校工作一輩子，在社會裏毫無經驗的大孩子。」

反派在任何形式的創作裏，都起了極為重要的推進作用。這尋常中學生任由邪惡咒力吞噬，縱然手段激進，卻讓他人動容和理解。動畫版片頭曲裏，製作者刻意誤導觀眾：順平終究會與主角群在大樹下聊天野餐，性善如我，不免期待他會在某集反轉，改邪歸正，和鍾愛的角色並肩作戰，不如現實世界般無奈。反正他逆轉的契機甚多，諸如其母對逃學給予極大寬容：「學校不過是個小小的水槽，還有大海和別的水槽呢。」對了，我們何必為着尋找出路，一頭栽進去一個淤塞的水槽呢？

所以我很怕，很怕成為只活於單一水槽，卻自以為是的老師——這個行業太輕易把一個人捧起，投在「天上天下，唯我獨尊」的口號前，特別是在教室的數十分鐘，我們完全擁有那數十雙眼，從敬禮開始，學生便注定要比老師卑微數十倍，聽着老師吹噓，稍一分神，還要聽數十句責罵、給懲罰數十遍。那片宇宙只屬於一個人，老師停下來、喝水，學生眼眸都必須注視，哪怕課堂結束後，這個佝僂、言不及義、領口破損的庸人，潛進地鐵車廂內不過是一名孕婦站在跟前便立即假寐的上班族，學生也要打醒十二分精神，細心聆聽他當刻講得頭頭是道的仁義禮智。

三島由紀夫曾提倡「應打從心底瞧不起老師」，他的理據是「身為學生，非超越學校裏的老師不可。老師並不是上知天文、下通地理的全才。而且最麻煩的是，老師已經離自己的青春期很遙遠，早把當年的苦澀煩惱忘了大半，若要他重拾彼時的心境，實在很困難。」為方便一眾對這話似懂非懂的同業者，我簡單翻譯如下：一、社會、文明須進步，學生就要抱着超越老師的決心，青出於藍，不可妄自菲薄。二、教師只是販賣知識的人，而且是販賣只得自己擅長卻偏門的知識，誠如《那些年，我們一起追過的女孩》所言，學生十年後連 log 是甚麼都不知道，「還可以活得好好的」。三、老師不會理解學生——即使我們曾經是學生——少年人的煩惱我們已然失去，而我們卻用上成年人的批判，去扭曲他們的內斂和掙扎。

大學第一年，我們這屆新生無故被指責不懂禮貌，沒有向前輩或老師表達敬意，更有趣的是其中一位較內向的同學的Facebook頁面，被其「組姨」以大義滅親的姿態貼上一篇《禮記》，以示警誡。如斯耐人尋味的指控，源於在學不足兩個月的我們，根本無法認識所有同系師生，打招呼的手伸了出來，又好像不對，卡在羞怯中陸沉。當然我們沒有深究對方明明認得我們，卻又為何靜待我們犯錯才責難……我們早已沉淪於鬱悶與百口莫辯之中，沒有力氣探討惡意。於是某次我在新校遇到常常刁難我們、自詡「訓導主任」的教授，立即自馬路一方大呼其尊稱，用力揮手，綠燈甫亮即跑過去，躬身探問對方到哪個課室，準備課本教具（即USB手指）需要我代勞嗎？接着又不住提問：學術的、非學術的、學校制度、選科策略，甚至學費資助，一盡問題學生之道。沿金城道球場，經體育中心，進入舊校校園，走上扶手電梯，我都緊跟老師，寸步不離，反之老師腳步越走越快，違禮地在電梯行走，或許上課時間將至，好老師便忍不住關心，着我若有課可先拋棄老師，下次再談。萬萬不可！我回答說雖然有課，但既然遇到老師便打算「sit堂」，好好學習，對方指現在上的是高年級必修課，將來我也會讀到，如此關顧我的學術生涯，我只好堅持護送老師到課室，為對方打開大門，目送對方走上講台方安心離去。呼！世途險惡，現在甚麼都能吃人了。

「老師這個族群，是你們這輩子會遇見的大人當中，最容易應付的對手。在往後的人生中，你們要遇到的其他成年人，通通都比最惡質的教師還要難纏好幾萬倍。」三島續說。這樣的說辭，又正好呼應他另一想法：「應當要忘恩」。現在作為老師，我非常害怕遇見極為客氣的學生，除了剛才所說的——我不願長成「唯我獨尊」的迂腐老頭子，更多的是，過分感激的學生讓我質疑自己是否交出同等份量的恩情。在仇師普世價值裏，我們都是朝八晚五的上班族，差點連我都以為自己是教具，像USB手指，隨意安置不同空間，下課鐘聲響起便可「安全地移除軀體」，人海中消失。過去兩年，我經常以「作家」身份到大學、中學演講，平常完成了日常課擔，便到他校分享，他校師生每每客氣有禮，為我張羅一切，佈置展板，放好著作，介紹我出場時附有一大段「作者生平」和「文學地位」，掌聲如雷，講座後更安排簽名會，請我與來賓簽名拍照。然而熱鬧過後，回到熟悉的工作環境，我便要擔起最卑劣的追收工作、學生遲遲不肯回到課室、在我講到精彩之處肆意打呵欠；我悉心準備的堂課呢？當然不會按時完成，提醒了數千遍仍重複犯錯。我曾帶同文學科學生到他校交流，據知我登上講台後，一名學生聽到後方有人說「嘩好靚仔呀」後，還在台上搜索討論對象。真氣人。

落差太大，我納悶如蝙蝠俠，不適應分裂身份，逐漸模糊了界線，斷定自己理應接受更大的尊重和答謝。直到我讀到「應當要忘恩」，在思索自己不過是知識小販之餘，還感受到他人每天道謝帶來的無形壓力。三島認為如果在千鈞一髮之際救了你命的人，恰巧住在你家對面，在長期需要感恩和口頭道謝之情況下，你只會萌生厭惡、逃避，更甚的是會上演恩將仇報的戲碼。自那天起，我在眾多笑臉下感覺得到刀鋒冰冷，抗拒學生敬禮，尤其是學習生涯殘留的記憶裏，我沒有一次是真誠向姍姍來遲的老師說早安，又或是真誠對言之無物的課堂管理員道多謝教導。我甚至抗拒出席謝師宴，在我得到應有薪水以後，仍苛求學生動用暑期工的薪水宴請我吃自助餐。

約十年前聽網上直播，達哥富有哲思地討論，時下歌手常說「這首歌送給你們」到底是否適當；有趣的是台下真金白銀購買門票的歌迷總會起哄，激動地拍掌享受。達哥說這句話應修正為「這首歌是你們應得的」，這才叫名正言順。基於同樣想法，我已得到自己應得的報酬，突然收到別人額外付出的道謝，天秤座的我便寧可他們「忘恩負義」，不必多送。反正我只是販賣冷門知識，又不能完全理解對方的上班族而已，幾年之後，GPT、AI或可取代我這毫無經驗的大孩子，完成「傳道」、「授業」、「解惑」的普世既定職能。

在嘈雜教員室下筆至此，我終於狠下決心，稍後觀課依從一貫作風，不用突兀地邀請學生向副校長和觀課老師敬禮，那份多出來的感恩，大可省下來泅泳大海，掙扎求存。至於那些我沒有從中收回應得禮貌的學生，我亦不會多言，猶如多年前某年輕女星被前輩指責無禮時，歌神簡單回應：「如果真有其事，我不會當面責難她，但會記在心裏。」

閱讀之毒

記者詢問了一道問題，令我一時語塞。

她說在出版社的列表裏，看見我的新書是初中推薦書目，問我有否刻意寫得平易近人。這問題本身其實並不難回答，身為作者，我當然自我中心、不負責任，從不考慮市場需要、讀者目光，堅持我行我素。但轉念又想，如果真的有老師順從推介，買了我的作品贈予學生，他們或會因我自負的一字一句，不小心把正在探究文學的微小興趣一口氣抹掉。

閱讀好像已是一種古老的儀式，像節日崇拜：學生魚貫走進禮堂，聽着莊嚴字句，誦讀與自己無關的經文，主禮人興奮地說着誰人的註釋，台下打呵欠，被拍醒，站立，目送沉醉的人一個個退席，然後得到解脱。尤其是被迫完成的閱讀報告甚或測驗，學生全都是靈媒，遵從同一種降靈方式，先撫摸封面，看封底，讀不進去就嘗試看兩段序言，合上，心中唸唸有詞，滿天神佛，隨手一翻，「一陽指」點中哪一句，它就是整篇報告的中心思想。

是的，他們不是很久沒閱讀，而是從來沒有讀過一本完整的書。我曾欣喜地告訴一位我敬愛的前輩：你的作品我放進書單裏，着學生好好閱讀。得到的回應竟然是：「聰仔，你靠害呀？」好像所有事情只要是不自願的，便注定被浪擲、被討厭，而且並不能重來，學生往後再看到曾被推介的作家名字，都必然會貼上無聊、了無生氣、一本正經的主觀標籤，後遺症一般。

於是我回想自己是如何走進閱讀。記得初中閱讀書目是《哈姆雷特》，幾個同學圍坐收音機前，錄製干子在墓地發瘋一段；高中看過《EVA》後再讀太宰治，從青春的無病呻吟中尋找共鳴，再製造煩惱……閱讀之於我總是灰暗與瘋狂。多少年了我一直拒絕他人的價值觀，偏食某筆風和主題，儘管失卻威逼、小測或報告，閱讀都不會風化，我仍樂此不疲，為着揭頁而無比快樂。

思想實驗

「十年後我都唔知係咪在生。」學生回答說，當我笑着分享我們家附近將興建地鐵站。對了，十年後，太遙遠了，我會在哪裏？此刻一列建設工人於黑洞探勘，頭燈搖晃，幽暗和潮濕，走到一個又一個給堵住的盡頭，失卻張無忌的神功便無法打出希望，只得迷惘，只得嘆息。或許是職責，工人願意繼續查找，往更深處走，但若然可以隨時離隊呢？問題重點不在於「離隊」，而是落在「隨時」，任何時間皆容讓放棄。

第一次目睹有人「企跳」，是中二體育課後。那是一個還有電話亭、酒樓會宣佈誰人有來電、要駁連電話線上網、傳訊息需時、下載前要搜索種子的年代，簡單來說，是習慣等待的千禧年代初。我和一位同學到小食部買了「孖條」，便投進人群，抬頭欣賞幾個老師和校工在五樓追逐着一位高中女生，校園真人版 Tom and Jerry。後來才發現是更恐怖版本。長連式的教學大樓設計，讓女生很快就進退失據，幾位大人慢慢夾擊之下，女生決定放手一搏，推開看似緊閉的鐵閘。操場上抬頭的眾生一同嘩然——原來我們都被規範蒙騙多年——那告示的警告不在於視覺，而是埋在我們不敢躁動的心裏，形同桎梏。女生很快便闖入禁地，攀上天台。我已不記得「孖條」的味道，每次憶起這場驚慄，指頭都有些微涼意，那時我應沒空去攝取任何糖分，任由它融化，在我緊張的小手上流去，滴於地上等待蒸發。

一星期後的週會，是甚麼觀鳥講座，鼾聲大作，此起彼落如叢林，一幀幀雀鳥相片飛走以後，專家自台的左邊步下，一名藝術老師同步在另一邊上台，說是應校方要求，解釋「企跳」事件始末。全校師生瞬間學懂觀鳥技巧，聚精會神、不發一語地肆意偷窺一名不在場女生的情緒和人生：相信是因為交際和留級——這是校方以及社工的推測；女生曾在美術課割脈，旋開門逃走——這是老師的目擊證供；門柄和走廊全是血跡——我分不清這是事實還是誇張。所以你們有事可找我們——推論因果的方法不如課本定義。如果是現在，老師下台前或要投映一串電話和機構名字，但縮小了的我仍活在充滿「等待」的時空，藝術老師自左邊下台，領袖生長便在右邊上來，宣佈週會結束，逐一解散班級。

原因重要嗎？我生平第一次叩問死亡時間，以及放棄的可能。那時我並不知道，無數條回家路上都走着一名學生，他們全都和我一樣思索着相同問題，我們回到家，擲下書包，鬆開喉鈕和領帶，讓雪櫃的黃燈照射，電視播放着《數碼暴龍》，啜着可樂的我們被提醒自己是「被選中嘅細路」，但為何選中我們、選中我們做甚麼？得不到解答。

三年後的某英文課我舉起手，跟老師報告對面教學樓有一初中女生危坐生物室外，平常上課放空、睡覺的我起初得不到信任，老師親自證實後，立即拋下咪高峰往下跑，對，往相反方向跑。後來我才知道她是到校長室傳話，女生卻一直危坐在上，與死亡多辯論數分鐘。一切都變成形式和規矩，而會考班的我們繼續在時限內完成 past paper。時間計不住倒數，校長在聖經課上說：我們一秒接一秒地死亡，唯有到天家才真正存在。

現在三十多歲，幾乎可以斷定我沒有被選中，匍匐一般生存在秒鐘之中。我當然有試過 emo，一直哭着回家，但不知為何總覺得還有明天，洞穴之中一直聽到潺潺水流，又或許暗暗中看到亮光。有出路吧？若十數年前班主任告知我家門外將開通地鐵，再不開心的我，都只會回應：「十年後我都唔知喺邊。」沒有字面以外的意思，真的是指肉體和地理的定位，即使身邊縈迴着「離席」氛圍，也和我有一點距離，說到為甚麼又沒有多深究。

驀地回頭一看，好像當年的師長、氣氛、説話、壓力都帶點可怕甚至鼓勵氣息。可能我習慣了等待，想看看以後的世界和自己是甚麼模樣。極致一點，是想看看世界末日和自己有多狼狽。

最近和中四級文學班操練寫作題目，選了二〇一四年的 past paper 的「終於到了這一刻」。整個審題教學都是抓住「時間點」如何設計，以及「終於到了」的情緒刻劃作主軸，舉出的例子包括畢業、結婚、生子。感受昇華方面，我選了陳奕迅〈最後今晚〉探討好友結婚前的祝福、惋惜、緬懷，最後播放五月天的〈乾杯〉讓學生了解生命完結時的無悔。那MV最後一幕是旋開一道門，門外就是藍天白雲。

收回來的作文大半關乎死亡，當中自殺主題更是每篇都扣緊題眼，「終於」走到了「這一刻」，撒手人寰反而輕鬆。批改到最後幾篇，只要開首是形容涼意或高處，我已能準確猜到全文核心主旨。站在文學和教學層面，我為未來感到無比興奮，但之於他們個體情緒，身為師長卻對於他們筆下繪聲繪影、情感細膩感到無比擔憂，對，是為他們的未來憂心。所以我為中五級選了二〇二三年剛出爐的「快樂的形狀」，嘗試以「逼迫」的方法讓他們正面思考，再以具象的形態描畫「快樂」的輪廓，奈何我做錯了，最後竟全組學生遲交，直到考試的一刻我還未收妥整級作文。

原因重要嗎？我盯着網上新聞，專家們手執着折線圖和呼籲口號拍照，好幾個不慎展露歡顏。文字羅列着種種原因，也教導長輩如何辨識危機，防範未然。我感到前所未有的無助。尤其面對過教學初年空出的桌子，加上長年累月被外界質疑工作輕鬆，他人言談間覺得教師不知所謂，那些可怕的思想實驗早就扎根於我們這群成年人之中，有小孩懂得求救已不知所措，事後還會被追究為何沒有及早辨別。以結果追溯原因，再推敲所有的「if」，可算是比腦海中思前想後跳下升起的思想實驗還要幼稚無稽的思想實驗。

蹲在這行業多年的我，早就明白了，一切都是形式和規矩。

幾年前收到一通電話，雙方花了一段時間才認清當下狀況：對方無意找我，只是紀念冊或電話簿在開始時已給錯置。我認得對方是預科時期休學的同學，有傳他加入邪教，浴室裏哭着灌下化學清潔液。事過境遷，我們聊了大半個小時，才終於談到我們失聯前的一刻。他堅強地說自中二開始就給欺凌，情緒長期不穩，最後因軟弱被歪曲的道理攻陷。「原來人在最脆弱時，是不能不依賴宗教的。」讀了十多年教會學校，第一次聽到比教義和得救見證還要實在的説辭。中二。追逐。企跳。我半夜醒來，迷糊間瞥見當年跟我分吃「孖條」的臉，滲出一身冷汗。原因是甚麼、會不會求救、察不察覺得到他人憂傷等，已是十年後地鐵站建成般的後話了。

Behind the scenes

馬爾代夫。我想是沒有太多人着墨的地方，除了《麥兜》似是而非的長洲虛擬實境，我的文友盡在刻劃西藏、新疆、緬甸、柬埔寨、越南，以文字描寫一個舒適和享樂的國度，好像是一種之於世界和文字的罪。我和妻早上出發，先到新加坡，合力吃掉一碗喇沙，再轉飛馬累。機艙的小窗難得不止一片白，沿途零散小島不盡相識，我們按座位前電視資訊，閱讀那些國家或城市的面積和人口，偶爾看看風景，核對現實島國外觀，幻想參與他們的特別節慶，相識，成家，過完勞累而充實的一生，就這樣度過了四小時餘下機程。那時我們在天空，還不知道，這種俯視極為傲慢，只為接下來的蜜月旅行而欣喜。

凌晨抵達馬累機場，局促與吊扇的平衡間，我們找到接送人員及過膠歡迎牌，便旋即被推上小型客貨車，和十數位他朝分別的香港人，繼續局促相對。趟門關上一刻，漆黑，剩下外間陌生的、黯然的街燈流逝。我嘗試摸黑認定逃生路線，拳頭裏、中指和無名指夾緊家的鐵閘鎖匙，打開Google Maps比對行車路線，儘管酒店名字是借來的符碼，無從解讀。這已是我盡力營造的緊張氣氛，見諒。越過中馬友誼大橋，我也沒有鬆懈，我想車上一行人都沒有，尤其這一年世界共通語是欺詐、是出賣，穿過電波音頻的不再是問候和歡笑，狹隘得僅存謊話，確認與否都必須掛線。然而已屆深夜的小城人來人往，不少食店仍未打烊，海岸公園中央一間雪糕店，正給高矮不一的短衣人團團圍住，粉紅光管照亮《怪奇物語》八十年代風，同樣的熱鬧、同樣的快樂和滿足，如果沒有怪物出現，那只是無數記憶裏其中一幕，不是錨點。拐了一個大彎，趟門被拉開，像開啟下一關卡。我在下車時發現妻正玩着「皮克敏」，悠閒地種植花苗。那是一個關乎足印的地圖遊戲：擴展地圖、搜索寶物、寄送明信片是遊戲核心，我們玩了好幾年，從舊居搬到新居，曾在大阪世嘉總部得到任天堂特別角色，去年她也自加拿大邀請在家的我協力擊潰海岸蘑菇，平分獎品。是的，就這樣過了好幾年。於是我剝開拳頭，學會喘息，派出我的皮克敏搜羅當地手信。

寄放行李後，我們嘗試在小城遊走，哪怕明早要爬起來，轉乘水上飛機到小島。我們看過海，和幾個分不清友善與否的眼色對上，便決定折返。途中經過一條電線杆，上面貼着「國際教學博覽會」海報，海報上有包頭的女教師親切地往左方指，我們順着望去，一座石屎建築物，沒有亮光，難以想像日出後的景象。妻笑言我下次可以來這裏分享，不用回港。

登上水上飛機前，我們在候機大堂等待。說是候機大堂，其實是一個類近餐廳的開放式空間，步出露台，就可看到海岸的一望無際，以及無數水上飛機，或升降或休息，不遠處還停泊着所有亞洲旅客夢寐以求、草間彌生設計的黃黑波點飛機，但貌似昏睡了好幾天。收到廣播後，就要到所屬閘口，而說是閘口，其實不過小房間，有職員核對護照，再着我們靜候。我是現在才找到一個非常貼切的形容——整個流程像到入境處領取證件：明亮，等待，隨時離開。接着是人，穿反光衣的走來，領我們到板道走，後來一個 Polo 短褲送我們上機，安坐以後，兩位機長就越過我們，沉重地跌在座位上。說是機長，他們就只有上身的矜持，下半身都是統一短褲涼鞋。一座度假之城，氛圍、語調、動作，都切切實實地告訴你：日子應當如此。飛機在毫無預兆下啟動，慢慢划開水波，剖開、切開，最後離開，Polo 原來是空中服務員，行進之間，他解下繩索，捲好，放在我的盲點。沒錯，他在升空前兩秒打開暗門，竄了進來，對我點頭微笑，好像我剛才不過是看着《職業特工隊》的老湯，觀眾的緊張只給予主角暗笑的機會。

人大了好像就變得畏高，準確來說，是更畏首畏尾。好不容易捱過螺旋槳的噪音和起落，浮台上我躡手躡腳，握緊行李，生怕駁船未至，家當便石沉大海。這是妻選擇的小島，玩法就是一個更大型和昂貴的烏溪沙青年度假村：我們有自己的獨立屋，費用包括基本飲食、預約每天活動，以及隨時借用康樂設施。不過是海上版，那時候我如斯相信。登島後，一個名為 Kevin 的少年捧着托盤迎接我們，並以滿有口音和自信的英語，請我們抹手、取走一杯 welcome drink，並着我們把行李放在原地，不用擔心。他是我們在島上認識的第一位當地人，後來他替我們登記，領我們到餐廳吃午飯，笑容是有點商業，但我們不抗拒。其中某幾天碰不見他，相信是放假回到城市了。他的真實生活是怎樣呢？家中三代同堂，回到家母親嚷着要他教小十歲的弟弟英文，但他說累了，擺出一副我此生都無從目睹的疲態，癱軟沙發，沉沉睡去，直至家人喚醒他一同吃飯。有天我和妻坐在潛水之家外的椅子，等待船來送我們出海看印度洋的黃昏，Kevin穿着印有名字的球衣，全身濕透走來問候，我們告訴他明天便走了，但仍未知水上飛機何時來接我們。他說通常晚上能確定翌日行程，請我們耐心等候。「我應該會送你們的。」他笑着說。簡單道別後，我們又在椅子上多等一會，此時有鳥爬到我身上，爪子勾着一串號碼，我是這裏的白雪公主，自然，親近。我和妻讓小鳥轉跳到一個小孩手上，她很高興，而船員此時來了，領我們到碼頭。途中再次碰到Kevin，他忙着用手機拍下長空。蕩胸生層雲。或許他仍在假期，只是要給水上飛機做點擺佈，才提早回來。

當晚我在酒吧遇到一個比Kevin還小的年輕侍應，十六、七歲，有點冒失，說話支支吾吾。若然身處夏目漱石或村上春樹小說，這個少年人應該是：某天突然感到迷失，聽不清老師和同學的說話，隔着一個金魚缸般，世上所有都變得空洞，缺氧，視線模糊。於是他中途輟學，走到離家很遠的島上工作，沒有方向，晚上回到宿舍寫作或讀書，偶爾看星。大量心理獨白。接續應遇到所謂人生導師了，一個失意富商？散盡家財都要享樂一場的絕症老人？絕不會是新婚丈夫吧？這個人和他上了人生一課，或傾談了幾個晚上，請他坐下一同喝酒，放心，我買單。話未說完，就這樣消散於海浪之中，不留聯絡方式。當天晚上他立即收拾行囊，回到城市，雖然仍好像生活在玻璃內，但學會了吐納，逐漸適應人生的各種異同。很多很多年後回想起來，也覺得是一種理所當然的成長掙扎。

「但那個人生導師呢？」妻端起酒杯。

「就只是一個過客，說了自己的故事，不管影響了誰，都必須繼續埋首人生。」這個故事比我們在餐廳編的偵探故事更陰沉，畢竟那次幻想是源於一個左顧右盼的外國胖漢，而這次是來自少年的徬徨，可能更貼合現實。

我沒有開導任何人，穿過幾千百個島國，喝着威士忌，想起小時候總跟從指令，和他人道別，但到了這個年紀，就發現有些再見是種不以為意的詐騙，掛斷了，就真的完全失聯。今年三十五歲了，我到底隨便錯手影響了多少人？妻笑着拍下 live band 的表演，主音剛才問我們來自哪裏，知道後決定送一首中文歌給我們。我聽着聽着，總認不出是甚麼老歌，最後用 Shazam 搜索，才知道是抖音神曲〈我們不一樣〉。

我們不一樣。

在島上我們每天浮潛，我們的獨立屋有私人泳池，但在海上載浮載沉，是不一樣的感受。有次遇到鯊魚，我們火速逃回屋內，全身濕透也不管，打開雪櫃喝起白酒來。我們把經歷告訴 James，他大吃一驚，比畫着大小，但隨即問我們要甚麼炒飯配料，辣粉要多少。我們不在自助餐這邊認識的，反是在島上另一間日式烤肉店。他是當晚主廚，繫緊頭巾像《海賊王》裏的卓洛，舞弄着兩把鐵鏟：劈、煎、炒、切、削、刺，一連把幾道菜弄好，盯着我們放肆地吃，淺淺的笑紋，滿足似的，就欠一支香煙讓他扮演《深夜食堂》。他是我唯一不用幻想，就有豐富人物背景的角色：菲律賓人，曾打拳為生，後來兩個女兒出生，自己卻又離婚，為了生計遠走非洲謀生，機緣巧合遇到師父，習得一手好廚藝，最近一年才到了這個小島工作，平常會在自助餐區炒飯，有預約才回來烤肉店這邊輪班。還有，已經辭職了，想家，五年沒有回去菲律賓，也已落實未來到歐洲工作。

妻用廣東話跟我說，看樣子他與我同齡，頂多大我兩三年。James 說很多香港人來這個島，像這裏的「主人」，上月一對基督徒夫婦來到，彼此說着經歷，感動一場，飯後三人握手祈禱，為着自己和世界，大哭一場。我想起人生導師的角色，一時分不清自己是過客，抑或留下來的人。接連幾天我們都到自助餐區要找他，偶爾他會在工作，但更多時候是他的同事。

然而他總會遇到我們，在我和妻聊天、在燭光晚餐、在看表演、在歸還獨木舟時，驀然閃出來說：「What's up, boss?」

他是躲起來抽菸吧？這裏有一望無際的海，和久未回家的體殼。我和妻走到登岸碼頭，那裏擺着一張床，跳上去便感到異樣，原來那天Kevin和同事歡迎我們的手牌，是如此隨意地丟在床架上。對了，每天都有人登島，還是放在這裏方便。我用Google Maps尋找馬累，繼而是新加坡、香港、我倆的家，這些橫越海洋認識的人，不知哪天我就會全然忘記，散逸於工作日程和情緒之中。看着平靜的海，又重新幻想截然不同的人生，疊套進他們當中。一個度假的國度，好像才最勞碌與鬱悶。我從來都不懂商業地笑，我不懂，也無從定義這種有意識的笑是對或錯。

離開的時間比我們預計早，職員說沒辦法，今天只有一班水上飛機。同行的香港夫婦好像掙扎了一會，但要走，總要飛。我和妻把行李收拾好，輪流檢查屋內各個區域，行李箱開開合合，直至上機都不盡安心。兒時丟失物品，總嘗試代入物件視角，用意識尋找，即使無稽和超現實。最後兩張美金躺在行李箱上，現在夾於誰的銀包，又或是重回櫃台找換的拉鏈袋，已不是我可感應得到。James來找我們道別，他說中午不用值班，是特意過來祝福。我們握手、交換通訊方法，然後拍照。他脫下頭巾，喃喃說「I hate it」，到底是頭巾、留影，還是說再見呢？

飯後我們到集合處，Kevin笑說這不是終結，我們會再見的，流利，自然。不同於James，Kevin會留在島上，直至我們把他完全遺忘，風化。他領我們到碼頭，我們合影，接着便坐上駁船離開，幾個員工和我們揮手，到完全不見了，我和妻才坐正迎向海風。浮台上我吃力護着行李，Polo指示我們待別人下機後，才坐上水上飛機。下機的人數和我們一行人相同，如輪替，十分鐘後他們會登島，Kevin和他的同事會拿着手牌迎接，往後幾天會參與相近的活動，吃相同的食物，日升月落，一種公式化的閒適。而我們會回到十多小時的回程路上，大概今生都不會回來，至少不會回到這個島上。

同行的香港夫婦分享，十數年前他們也來過馬爾代夫，但選擇北面另一小島，那邊海洋風光較好，潛下去可看到很多生物。十數年前，那年被他們頭燈照探的海洋生物，還有多少依然健在？那邊的侍應少年被開解了嗎？大概已回到城市與陌生肩頭磨擦，甚或遠走他國，在寧靜的酒吧裏喝着威士忌，想起往事，離開前多付一點小費。

到新加坡的航班上有人爭執，機場保安走上來調停。之於香港地鐵車廂，其實這種劍拔弩張不過小事一樁。好像是座位問題，我輕聲跟妻說，她正結束皮克敏的任務，我打開國家資訊，準備再讀面積和人口，不會記得的，但就是想再看一次。我是自己的導遊。銀河系裏有四千億顆恆星，宇宙裏有二千億個銀河系，而我身處一顆脆弱的星球，打開皮克敏地圖，版圖盡是未開拓的白，回到香港後要再找蜜月小島，定是吃力和費時。在這無盡時間和空間，我們這微不足道又有限的原子生命，就只是世界裏不連戲的跑龍套，留下一個座標，下一秒就給氣流捲走。

小島不全然是開放予旅客的。某天我和妻散步到員工宿舍附近，那裏有一個簡單而有趣的告示：**Behind the scenes**。那時我跟妻說，小時候最沉迷的幻想，是所有認識的人類都是外星人而我是實驗品，每天下的三萬五千個決定，都被他們記錄和分析，用來大量複製地球人這種瀕危物種。《The Truman Show》？是的，那些年明珠台重播又重播，不同的是，你們是外星人，而這裏是你們建構的量子宇宙。妻此時收起笑臉，放下牽着我的手，站在告示前，準備推門．曾詠聰小朋友，三十五年了，你終於發現。

Behind
the
scenes

連島沙洲——《浮間舟渡》後記

1

好像每隔三年，我就會帶同新作出現片刻。本以為《千鳥足》以後，我會回歸詩集構思，然而機緣巧合，我又出版一本散文集。這次結集主要來自各方專欄及寫作平台，除了首次擔任責任編輯的天一師兄外，曾點評和修改拙作的編輯們，我在此一併道謝。

2

徐焯賢是我一直想合作的文友，我的首本詩集曾在他出版社的日程表，奈何時機不對，最終擦身而過。今次請他寫序，他二話不說「出山」答應，更用上了我沉迷的好幾個意象，確實用心。下筆這刻我們才剛談過雷霆和溜馬的冠軍戰，彼此都對新世代雀躍，以及為舊人退場惋惜。

曾繁裕是我這幾年認識的朋友，一拍即合，我更邀請他擔任我婚禮兄弟團，甚至是證婚典禮司儀。他善良、正面、富有學養，還記得第一次相見是在《聲韻詩刊》的活動，回程時我們並肩而行，在交通燈的倉促間，他堅持留守原地，還靦腆地為自己做對的事道歉。

能找他們寫序，於某一個階段畫筆，無言感激。

3

忙着校對期間，我為兩位朋友的散文集撰序。與作者的交情和讀後感，就此不作多談。值得一談的是，在相近的出版日子、相近的身份和氛圍，我們同中有異：埋首教學工作，在Excel中掙扎，卻又堅持自身，以感悟和觀察塑造有我們在場的世界。

只是世界逐漸變得陌生，有時候難免會在熟悉的街角迷路，有時候徬徨，有時候就只能盲目地向前走。我想起初中參加歷奇營，主辦單位安排了一場洞穴夜行，着我們逐一走進去，我看着有人夾着平安符，有人祈禱，有人大叫，輪到我進去那刻，黝黑的環境、很遠很遠的潺潺水流聲，以及從不缺席的恐怖幻想，我不由自主地高唱壯膽，唱的正是當年熱播的〈耿耿於懷〉。結局是被前方同學嚇倒收場，但這一節回憶確實具象：惟有耿耿於懷才能維持下去，哪怕不辨前路。

4

這段日子我經常碰到舊人。印象最深的是在鄰近校舍，遇到同學M。

大學三年，我們浪擲時光，一起走堂，一起打籃球，一起歡笑，坐上地鐵就從九龍塘聊天至葵芳。畢業以後，我們都散失在各項日程。再遇到他，他已是西裝筆挺的上班族，而我穿着Polo，剛吃完牛三寶準備繼續教學。我是後來才知道他已長成該校校董：無償、掛名，但有一定地位。他看到我便在我的名字後附上一句粗言，我們握着手交換近況，好像這十年的經歷可以完全交代清楚，也可以隨便跳過，劇情無縫接合。直至我開始預告下一回：不如再相約打籃球吧？M卻淺淺地笑，說出一個我意想不到，又有弦外之音的話：「我唔再做依啲嘢。」

5

上星期大學文學獎頒獎禮，麥樹堅師兄刻意安排擔當評審的我，頒發感謝狀予少年作家的指導老師吳其謙。我倆在台上放肆玩笑，在頒與不頒、取與不取的胡鬧中，我聽見朱少璋老師和來賓解釋：他們很熟的，一起寫作多年。

6

浮問舟渡。誠如內文所談，我第一次讀到這個名字，是在大久保分享以後。那段時間我開始接受自己的位置，年過三十，工作和別人的期許裏，我就是一個有經驗的「社會人」。在退場的浪潮我接過一些頭銜及想法，那種後青春的壓抑和傷春悲秋，已逐漸不適用，甚或沒時間容我考慮或拒絕。疫情期間，我走到西貢學獨木舟，從基礎的一星星章，考至最高級別，差少許就當上教練。但要我說出任何心得，我想就只得拼命地划，即使風和日麗，即使驚濤駭浪，動作也是相若，沒有心思思索可行與否。

7

是的，三年過後。《浮間舟渡》記載了我很多變化：成家立室、開創文學科、到外地交流，以及生活中無數瑣事和感嘆。慶幸這段日子能有閒餘書寫和喘息，潮漲潮退，這本小書恰如連島沙洲，舟翻過海浪後，就安躺一個無人小島，旁觀世界的日昇月沉。

香港藝術發展局支持藝術表達自由，本計劃內容
並不反映本局意見。